여사록

# 여사록

**초판 1쇄 인쇄_** 2014년 4월 1일
**초판 1쇄 발행_** 2014년 4월 14일

**지은이_** 이병주

**엮은이_** 김윤식·김종회

**펴낸곳_** 바이북스
**펴낸이_** 윤옥초

**편집팀_** 도은숙, 김태윤, 문아람
**디자인팀_** 이정은, 이민영, 김미란
ISBN_ 978-89-92467-83-4   03810

**등록_** 2005. 07. 12 | 제 313-2005-000148호

서울시 마포구 양화로 78 서교빌딩 1003호
편집 02)333-0812 | 마케팅 02)333-9077 | 팩스 02)333-9960
이메일 postmaster@bybooks.co.kr
홈페이지 www.bybooks.co.kr

책값은 뒤표지에 있습니다.

바이북스는 책을 사랑하는 여러분 곁에 있습니다.
독자들이 반기는 벗 - 바이북스

이병주 소설

# 여사록

김윤식·김종회 엮음

바이북스
ByBooks

**일러두기**

1. 연재 당시의 내용을 그대로 살리되 편집상의 오류를 바로잡고 기본 맞춤법은 오늘에 맞게 수정했다. 다만 인지명, 서명, 식물명 등은 원문의 것을 그대로 살리되, 독자의 이해를 위해 현대식으로 표기하거나 현대식 표기를 병기한 경우도 있다.

2. 부록 〈지리산학〉에 나오는 행정 구역 명칭은 오늘에 맞게 수정했다.

# 여사록

# 여사록如斯錄
## 一逝者如斯夫 不舍晝夜

그때만 해도 프놈펜엔 론 놀이 누르고 있었고 사이공엔 티우가 군림하고 있었다. 그러나 이미 말기 증상에 들어선 크메르(캄보디아의 전 이름)나 베트남은 아비규환의 생지옥이나 다를 바 없는 것 같았다. 신문이나 잡지는 다투어 그 참상을 보도하고 있었는데 그 기사의 행간에서 초연硝煙의 냄새가 나고 단말마의 신음 소리가 들리는 듯했다.

'프놈펜은 함락 직전에 있고, 결정적이며 운명적인 공산군의 사이공 포위는 바야흐로 시작되려는 참이다. 미국의 외교 정책 사상 가장 어설프고 가장 비극적인 일장—章이 드디어 그 종말에 이르렀다.'

이런 기사를 읽고 있으면서 생각에 잠기지 않을 사람이란 없다. 상당한 강토와 상당한 인구를 가진 몇 개의 나라가 미국의 외교 정책의 행방에 그 운명을 맡겨야 한다면 이건 너무나 어처구니 없는 일이다. 소국小國의 비애를 생각하며 나는 메콩 강의 낙조落照를 일순 뇌리에 그렸다. 그런데 그것은 남의 일이 아니다. 나는 그 기사의 다음에 이어진 귀절을 읽고 쓸쓸하게 웃었다.

'And a new president, unelected at home and untested abroad……'

선거에 의해서 뽑히지 않았으니 국민의 신임도를 알 수가 없고, 외교 실적이 없고 보니 대외적인 신망도 역시 불확실한 새 대통령이란 뜻이 이러한 재기 있는 표현으로 된 것이다. 세계의 불행이 기자들에겐 일종의 행幸일 수 있다는 생각이 들었다. 국가불행시인행國家不幸詩人幸이란 청나라 조익趙翼의 시時가 기억 속에 있었기 때문인지 모른다.

동화 속의 도시 같은 프놈펜, 소파리小巴里라고 불리우던 사이공, 그리고 30년 동안을 전란에 시달린 인도차이나란 지역의 운명은 사람으로 치면 기구한 팔자다. 그러니 어떤 형태로든 포성과 살육만 멎었으면 하는 갈망으로 그 산하와 마을과 거리는 몸부림치고 있을지 몰랐다…….

이처럼 내겐 묘한 버릇이 있다. 집안에 쌀이 떨어지고 연탄이 없어졌는데도 그런 걱정은 안 하고 먼 나라에 대한 엉뚱한 걱정에만 열중한다. 비아프라의 경우에도 그랬다. 방글라데시의 경우에도 그랬다. 이를테면 부질없는 센티멘털리즘이다. 먼

나라의 그러한 비극에 마음을 빼앗기고 있으면 삶에 지친 어머니의 모습도, 실직한 아우의 초라한 모습도 환상의 한 토막처럼 실감을 잃는다. 보다도 그러한 지구적인 고민에 스스로의 고민을 얹어놓으면 어쩐지 살아 있는 것만으로도 나 자신이 무슨 대견한 기적처럼 느껴지곤 한다.

그런데 시아누크의 망명으로부터 오늘에 이르기까지의 크메르, 바오다이의 실각으로부터 오늘에 이르기까지의 베트남은 오산과 착각과 우열愚劣로서 엮어진 광대 놀음이라고밖엔 더 할 말이 없다. 그리고 그 광대 놀음은 광대 놀음치곤 너무나 많은 피를 흘렸다. 결과적으로 보아 호지명胡志明(호찌민)의 의지만이 뚜렷이 남았다. 그는 죽는 마당에서도 다음과 같은 유언을 남겼다.

'미국에 대한 투쟁에서 우리는 더욱 많은 난관에 부딪힐 것이며 더욱 많은 희생을 감내해야 한다. 그러나 우리는 전면적인 승리를 끝끝내 쟁취하고야 말 것이다. 이것은 절대적으로 확실하다.'

당시엔 허울 좋은 장담으로밖엔 들리지 않았던 이 말이 드디어 사실이 되고 말았다.

안 되는 줄 알면서 왜 그랬을까.

안 되는 줄 알면서 왜 그랬을까.

바로 창 아래 골목에서 이 노래를 되풀이해서 부르는 아이들의 소리가 왁자지껄하다. 그 코믹한 아이들의 노랫소리마저 인도차이나에의 상념과 이어지는 것이 야릇하다. 참으로 그렇다.

안 되는 줄 알면서 왜 그랬을까!

공산주의자들의 침략이란 해석만으론 풀리지 않는 문제가 있다. 미국 외교 정책의 잘못이란 것만 가지고 풀리지 않는 문제가 있다. 국제간의 역관계力關係란 공식으로써도 풀리지 않는 문제가 있다. 그 모든 방법을 조사해도 풀리지 않고 남는 문제, 그것은 무엇일까…….

이런 생각에 잠겨 있을 때 이우주李宇柱 씨로부터 전화를 받았다. 조금 더듬는 듯한 그리고 선량한 품성이 마디마디에 저려 있는 듯한 말투로 해서 아직 꿈에서 깨어나지 못한 의식 상태였으면서도 그것이 이우주 씨의 목소리라는 것을 나는 알아차릴 수 있었다. 그가 전해온 사연은 다음과 같았다.

옛날 진주농고晉州農高에 같이 근무했던 몇몇 사람이 모임을 갖기로 했는데 그 자리에 참석해줄 수 없겠느냐는 제안이다. 나는 선뜻 내가 진주농고의 교사 노릇을 했던 시절을 돌이켜보는 마음으로 이끌렸다.

"30년 전의 동료들이 모이는 셈이구먼요."

"그, 그렇지요, 그렇습니다."

"언제쯤입니까?"

"내일모레 3월 1일이 마침 토, 토요일 아닙니까. 그, 그날 오후로 했으면 조 좋겠는데요."

"장소는?"

"안양으로 했으면 합니다."

"왜, 하필 안양입니까?"

"안희상安喜相 선생 아시죠?"

"알지요."

"그, 그분이 굉장하게 성공했습니다. 재벌이 됐어요. 그런데 그, 그분의 공장이 안양에 있거든요. 공장 구경도 할 겸, 거기서 모이기로 한 겁니다. 안희상 선생이 한턱내겠답니다."

나는 날카로운 코끝에 안경을 걸고 누구의 책상 위에나 궁둥이를 붙이고 앉아 긴 다리를 디룽거리며 시시껄렁한 얘길 곧잘 하던 왕년의 수학 교사를 곧 기억 속에 찾아낼 수 있었다. 그가 재벌이 되었다니 축하할 만한 일이다. 그리고 그런 까닭이라면 안양이라고 해서 탓할 건 없었다. 나는 누구누구가 모이느냐고 물었다.

처음엔 교감이었다가 교장으로 옮아앉게 된 변형섭卞亨燮 씨, 건국대학 대학원장 정영석鄭榮錫 씨, 고려대학 교수 김용달金容達 씨, 세균 연구소에 있는 이현규李鉉圭 씨, 중앙고등학교에 있는 이청진李淸鎭 씨, 토건업을 하는 송치무宋致武 씨 등의 이름을 열거하곤 이우주 씨는 덧붙였다.

"그리고 안희상 씨, 나, 이 선생이 오시면 이 선생, 그렇게 되겠습니다."

듣고 보니 모두들 한번 만났으면 하는 이름들이고 사람들이다.

"그런디요."

하고 이우주 씨는 말을 이었다.

"이정두李正斗 선생도 꼭 오셨으면 하는디. 거겐 선생님이 좀 연락해 주이소."

"하시는 김에 이우주 선생께서 하시지 왜 그러십니까?"

"워, 워낙에 거물이 돼놔서 내가 하기엔 좀 거북해서 그, 그럽니다."

이우주 씨는 웃음을 머금었다.

"거물이 또 뭡니까. 거물이라면 대회사의 회장이신 이우주 선생이 더 거물일 텐데요."

"처, 처, 천만의 말씀입니다."

이정두 씨는 전날엔 '남산', 요즘 말론 '앞산'이라고 하는 곳의 차장次長을 지낸 사람이다. 내겐 형뻘이 된다. 그런 까닭으로 이우주 씬 그와의 연락을 내게 부탁한 것이다.

3월 1일 오후 2시, 우리는 일단 풍전호텔의 커피점에서 만나기로 하고 전화를 끝냈다.


돌연 30년 전의 얼굴들이 되살아났다. 내겐 29년 전의 일이 되는 것이지만 해방 전, 또는 바로 그 직후부터 있었던 사람에겐 꼬박 30년 전의 일이 되는 것이다.

30년! 대단한 시간이다. 현미경으로써밖엔 볼 수 없는 정자의 하나가 자궁 속에 자리를 잡고 영아로서 세상에 나와선 자라 모차르트와 같은 천재로서 현란할 수 있는 시간이다. 검사가 되고 판사가 되어 사형을 구형하고 언도하고 집행할 수 있는 존재로 형성될 수 있는 시간이다. 20억 안팎의 인구가 35억의 인구로 불어난 것도 이 30년 동안의 일이다.

30년이라고 하면 베트남의 전쟁이 30년 전쟁이다. 일본군으로부터의 해방, 프랑스와의 독립 전쟁, 남북으로 분할되고 난 뒤는 남북 전쟁, 미군의 개입으로 인한 전쟁의 확대, 그리고 오늘의 형편에 이르기까지 베트남은 30년 동안 하루도 평온한 날이 없었다. 아버지의 아버지가 총탄을 맞고 쓰러진 그 전쟁에서 아버지가 총탄을 맞고 죽어야 했으니 참혹한 전생사란 뜻에서 세계의 어느 나라에서도 그와 같은 유례는 찾을 수 없다.

이러는 동안 북쪽을 차지한 호지명의 통솔력은 일관하고 있었지만 남쪽 베트남의 정권은 그 변화가 무쌍했다. 술과 여자와 노름을 좋아하는 바오다이는 프랑스의 철수와 더불어 몬테카를로로 가고 고 딘 디엠이 등장했다. 이 사람은 술도 여자도 노름도 모르는 사람이었는데 그 정치는 치사하기 짝이 없었다. 그는 비참하게 죽었다.

당시의 사정을 회상한 《타임》지의 기자 머레이 가트의 기사가 내 스크랩 속에 있다.

1963년의 여름부터 가을에 걸쳐 불교도들이 거리에서 분신 자살을 하기 시작했다. 이런 끔찍한 광경에 충격을 받은 미국은 디엠 정권에 대한 원조를 중단해버렸다. 이것이 장군들로 하여금 디엠 정권에 반기를 들도록 한 신호였다. 10월도 마지막인 어느 날 밤, 나는 한 구절의 메시지를 받았다. PX에 가서 위스키를 한 병 사 가지고 오라는 내용이었다. 이것은 암호였다. 그 이튿날 아침, 빅 민의 군대가 출동했다. 200야드쯤 상거에 있는 지붕 위에서 나는 디엠의 거처인 기아 롱 궁전의 2층 창문에 백기가 나부끼고 있는 걸 보았다. 한 시간 남짓한 뒤에 디엠은 사이공 어느 곳에서 사살 되고 말았다. 드디어 장군들의 시대가 시작한 것이다.

디엠의 암살이 있은 그 이듬해엔 여덟 번의 쿠데타와 반쿠 데타가 있었다. 그 무렵 나는 모 신문의 주필을 하고 있었는데 내가 맡은 칼럼에 다음과 같이 썼다.

'베트남의 쿠데타는 이미 뉴스가 아니다.'

생각이 난 김에 그때의 스크랩을 뒤졌더니 다음과 같은 기 사가 나왔다. 12년 전에 쓴 것인데 어쩐지 내가 쓴 것 같지가 않다.

여기는 사이공 소파리, 안남(베트남의 다른 이름)의 아가씨들 일 장기 들고…… 일제의 황망한 마지막 시기에 유행한 군가의 일절 이다. 감상적인 멜로디에 담겨진 이 노래의 이면엔 일본군의 군 화에 짓밟힌 사이공의 거리가 있고 일본군에 육욕에 유린된 안남의 아가씨들이 있다. 20년 전의 그 거리, 그 아가씨들. 그런데 지금의 사이공은? 간단없는 베트콩의 위협 속에 몸부림치는 거리, 디엠의 후예들이 이를 갈고 있는 거리, 중립화의 꿈을 안고 시민이 쇠약해가는 거리, 이러한 분란 속에서도 달러를 긁어모으려는 모리배가 득실거리는 거리, '힘이면 그만이다'란 배짱을 갖고 정권을 노리는 야심가들이 오월동주吳越同舟하고 있는 거리, 불교도가, 가톨릭교도가 현세와 내세의 행복을 한꺼번에 차지하려고 더러는 분신하고 더러는 기도하고 있는 거리. 그 거리를 4월 13일 새벽 진주해 온 쿠데타 군이 14일의 새벽에 철수하고 쿠데타는 없었다고 성명했다. 이 24시간 쿠데타 극劇의 주연 배우는 람반 바트란 준장准將이다. 먼 데서 보고 있으면 실없는 장난, 가까운 곳에서 화를 입고 있는 시민의 입장으로서 보면 어처구니없는 농락. 이러한 장난과 농락 사이에 베트남은 풍전의 등화 같기도 하면서 끈질긴 미련 같기도 하다……

베트남의 30년은 이처럼 처참하다. 그런데 일본의 30년은 이 같은 이웃나라의 처참까질 이용해서 경제 대국으로 뻗어간 화려한 시간이다. 그들의 근면이 어떻고 그들의 창의가 어떻고 하며 뽐내지만 한국에 있어서의 전쟁, 베트남의 전쟁이 없고선 일본의 오늘과 같은 발전은 상상할 수도 없다.

그건 그렇다고 치고 나의 30년은 어떤 것일까, 하고 생각해 본다. 한마디로 말해 허망하게 흘러버린 세월이다. 옛날의 동

"내 사무실이 바로 이 건물에 있습니다. 안희상 씨 사무실도 여기에 있고요."

"에참, 여긴 ×××하러 오는 덴데 앞으로 오지 못하게 되었구만."

모두들 왁자지껄 웃었다. 너무나 오래간만에 만난 탓으로 서먹서먹했던 공기가 그 농담으로 해서 누그러졌다.

이우주 씨가 그사이 자동차를 보냈던 모양으로 정영석 씨가 나타났다.

"허, 이거 대단한 어른들이 모였구나."

정영석 씨는 그다지 튀어나오지도 않은 배를 억지로 내밀듯 하고 교무실을 왔다 갔다 하며 담론 풍발風發했던 옛모습 그대로 보통보다 한 옥타브쯤 높게 익살을 부리기 시작했다.

나를 보곤

"이 선생하곤 사생결단할 일이 있은께 뒤에 봅시다."

하고

김용달 씨에겐

"용달 씨, 아차 실례, 용달이란 별명은 내가 지은 긴디 김 선생을 생각하기만 하면 용달이란 말이 떠올라."

이정두 씨를 보곤

"오늘 못 나올 긴디 이 장관님이 나오실 꺼라 캐서 만사 제폐하고 나온 기요. 지금 아첨을 해놔야 장차 장관이 되었을 때 생색을 볼 끼 아닌가 베. 제엔장, 나는 그놈의 정치교수로 몰려 갖고 식겁했그만, 사람은 준비가 있어야 되는 기라. 하여간에 이 차장, 아니 이 장관, 잘 봐주소."

하고 익살을 떨곤 이어 이우주 씨를 보곤

"아들 덕택으로 큰 회사 회장이 되었으면 되었지 그처럼 도도할 건 또 뭣고."

하며 수선을 부렸다. 그러자 이정두 씨도 한마디 했다.

"정영석이 나올 줄 알았으면 안 나왔을 건데. 오늘은 귀 좀 따갑게 됐네."

정영석 씨와 이정두 씨는 일본 중앙대학의 동창생이어서 서로 허물이 없는 사이다.

"그런데 변형섭 씨가 왜 안 오시지?"

내가 물었다.

"앗 참……."

하고 이우주 씨는 변형섭 씨가 못 오는 이유를 설명했다. 집안 누군가의 결혼식이 있기 때문에 부산엘 갔다는 것이다.

"요즘 그 어른 형편이 어떤가 모르겠다."

정영석 씨의 말이다. 이우주 씨가 답했다.

"지압을 하면서 근근이 생계를 이어가는 모양이드만요."

"그 얘긴 나도 들었는데……."

하며 이정두 씨는 어두운 표정.

변형섭 씨 이야기가 나오자 모두들 그분의 근황을 걱정하는 얘기를 한마디씩 했다.

변형섭! 이 인물이야말로 훌륭하다. 수원농고를 나온 이래 심훈의 《상록수》에 감화되어 착안한 농민 운동에 관심을 가진 그 전력은 고사하고 해방 후 혼란 막심한 진주농고의 상황을 교감의 직책으로 무난하게 감내한 그 실적은 실로 대단한 것이라고 아니할 수 없다. 좌익 교사들의 말에도 귀를 기울여주고 우익 교사들의 불평도 진지하게 들었다. 학생을 대하는 태도는 넘어나지도 않았고, 모자라지도 않았다. 교무실의 집무를 도맡아 하면서도 수업은 수업대로 충실히 했다. 성심성의란 문자가 있는데 이것을 그대로 인격화하면 거게 변형섭이란 인물이 나타나는 것이다.

그러면서도

"교감 선생님, 오늘 밤 한잔합시다."

하면

"30분만 기다려주이소. 지금 하고 있는 일 끝내고 같이 가도록 하지요."

해놓곤 그 30분이 한 시간을 넘길 때는 왕왕 있었으나 결코 우리 젊은 교사들의 청을 물리치지 않았다.

술자리에선 젊은 놈들의 함부로 지껄이는 소리를 들으며 자리의 분위기를 끝까지 맞추려고 노력했고, 술이 약해 그 자리에서 조는 한이 있어도 결코 중좌中座하지 않았다. 때론 교감의 우유부단을 힐책할 때도 있었는데 그는 언제나

"좀 더 기다려봅시다."

하며 무슨 죄나 지은 것처럼 미안해했다. 생각하면 당시 변 교감이 우유부단하리만큼 신중하지 않았더라면 혼란은 더욱 가중하여 학교는 수습할 수 없는 늪 속으로 빠져들었을 것이 분명하다.

변형섭 씨는 농학을 배우고 농업에 종사한 경력을 통해 농업적인 생활 지혜를 가지고 있었던 것이 아닌가 한다.

콩을 심은 데선 콩이 나고 팥을 심은 덴 팥이 난다. 아무리 서둘러도 작물은 일정한 시간이 없인 자라지 않는다. 작물은 커나가는 과정의 정도에 따라 도태를 당하기도 한다. 아무리 인위적인 노력이 중요하다고 해도 토양, 태양, 시간이란 자연 조건을 넘어서지 못한다. 설혹 촉성 재배니 온실 재배니 하는 인공적인 비배 관리가 효과를 거둔다고 해도 그것은 어디까지나 자연법칙에의 순종을 뜻하는 것이지 거역을 의미하는 것은 아니다.

이러한 지혜로써 변형섭은 학교의 혼란에 대처했다. 좌익의 바람이 세고 우익의 반항이 강하다고 해도 그것을 근절하고 해결하는 것은 시간이란 것을 그는 알고 있었다. 시대의 근본 문제가 바로잡히지 않는 한, 학내의 문제는 근본적으로 해결될 수가 없다. 해결할 수 있는 범위란 극히 좁다. 문제 역시 국한되어 있다. 그 범위를 잘 파악하고 겸손하게 성실하게 고민만 하고 있으면 작물처럼, 더러는 도태되고 더러는 크고 더러는 낙엽落葉하고 더러는 상록常綠한다. 이렇게 그는 인내하고 관찰하고 실천한 것이다. 그러한 결과 2년이란 격동한 시기를 거쳐 진주농고의 교원실에서 파당을 없애버리는 기적을 낳았다.

나는 언제나 민주적 인격을 문제로 할 땐 변형섭 씨를 생각하고 변형섭 씨를 생각하면, 민주적 인격이란 말을 상기한다. 그리고 한때 변형섭 씨를 통해 지도자상이란 것을 구상해본 적이 있다. 농민에 끼이면 농민이 되고 노동자 속에 끼이면 노동자가 되는데, 어떠한 주장도 하지 않고 그저 평범하게 살아가는데도 그 생활 태도 자체가 모범이 되고 그 커뮤니티의 힘이 되는 사람, 그리고 자기에겐 엄격하면서도 남에게 대해선 관대한 사람…….

이런 일이 있었다.

학년 말 학생들의 채점표를 교감에게 제출했다. 교감의 결재를 받아야 하기 때문이다. 변형섭 씨는 그것을 자기의 책상 위에 둬두고 가라고 했다. 그리고 그 이튿날 그 채점표를 손수 전부 검산해본 모양으로 두어 군데 틀린 것을 고쳐가지고 내게 가지고 왔다.

"그런 실수는 흔하게 있는 겁니다. 우연히 계산을 한번 해봤더니……."

그는 내 잘못을 발견한 것이 대단히 죄스러운 양 말했다.

교사들에게 시킬 일이 있으면 그 자리에 앉아 아무개 선생, 하고 불러도 될 것을 변 교감은 바쁜 일손을 멈추고 그 교사의 자리 앞에까지 가서 정중히 부탁을 한다. 시킨 일이 마음에 들지 않으면 그것을 그냥 지적하지 않고 '이따가 같이 한번 해봅시다' 하는 식으로 처리한다.

이런 사례들을 들어 나는 언젠가

"변형섭 씨야말로 이상적인 지도자상에 가까운 사람이다."

라고 했더니 이정두 씨는

"지도자라고 하면 어쩐지 나치스 같은 전체주의적인 색채가 있는 말인데 민주적 인격이라는 게 좋지 않을까."

하는 의견을 단 적이 있다.

그러한 인물이 실의의 그늘 길만을 걸었다.

제2대 국회의원 선거에 출마해서 낙선한 뒤로 잉크 공장을 하다가, 모 단체의 일을 보나 했는데 상처喪妻하는 비운에 부딪히고 얼마 안 가 대수술을 하는 등 시련도 겪었다. 자기의 병을 고칠 겸 지압을 배워 지금은 지압사 노릇을 하며 생계를 유지해가고 있는 형편이다.

변형섭 씨 얘기가 나오기만 하면 모두들 아쉬운 기분이 되는 건 당연한 일이다. 그러니 그분이 참석하지 않는다면 모임의 의미는 그만큼 빛깔을 잃게 되는 것이다.

"짧은 밤에 미명만 잣고 있을 게 아니라 갈 데로 가야 할 것 아니오?"

정영석 씨의 이 말이 있자, 일동은 자리에서 일어섰다.


나와 정영석 씨는 이정두 씨의 자동차를 타고 김용달 씨,

송치무 씨, 이청진 씨는 이우주 씨의 자동차를 타고 안양을 향했다.

자동차가 달리기 시작하자, 정영석 씨는 농조로 내게 시비를 걸어왔다.

"이 선생, 내 이 선생 상대로 명예 훼손 고발할 끼요."

"왜 그러십니까."

"당신이 쓴 《관부연락선》이란 소설 속에 나를 어떻게 조져놨는지 아시죠?"

"사실대로 썼는데 나쁠 게 있소?"

"사실대로 써도 명예 훼손이 된단 말요. 작가라는 게 그렇게 법률 지식이 없어서야 되우."

"엉터리 영어 교사를 엉터리라고 쓴 게 나쁘나?"

이정두 씨가 거들었다.

"이거 형제끼리 합세해서 대들기요?"

정영석 씨가 농담의 재료로 삼은 건 이렇다.

소설 《관부연락선》 속에 해방 직후 교원들의 생태를 쓰며 엉터리 교사의 예로서 '흑판에 A 자와 Z 자를 써놓고 이것만 배우면 영어는 다 배우는 셈이 된다고 한 교사도 있었다'고 했는데 바로 그 대목의 모델이 정영석 씨였다.

정영석 씨는 결코 엉터리 교사 축에 든 사람은 아니다. 아이들을 앞에 놓고 농담으로 한 얘기를 전후의 사정 설명을 빼고 그대로 끼어넣은 것이다.

"그런 교사도 있었다고 했지, 정영석 씨의 이름이 나온 게 아니니 염려 마시오."

했더니

"허 참, 그 소설을 읽은 사람으로서 나를 아는 사람은 전부 그게 내라는 것을 다 아는데도 염려를 안 해요?"

하며 투덜댔다.

"아따, 당신이 가만있으면 아무도 모를 것 아닌가. 당신이 그게 내라고 떠벌이고 돌아다니니까 다 알게 된 건데 왜 이리 시끄럽노."

이정두 씨의 핀잔이 있자, 정영석 씨는 더욱 펄펄 뛰는 시늉을 했다.

"내 말 들어보라꼬. 그 소설이 나온 지 얼마 안 되었을 땐데 하점생 서울시 교육감을 만났더니, 마침 곁에 있던 그 책을 펴들며 그 대목을 가리키곤 이건 당신 얘기지? 하잖나. 하 교육감이 그때 우리 담당 장학사였거든. 당당 알아채리더란 말이다."

그러고도 그 문제를 두고 한바탕 떠들어젖히더니 정영석 씨는 이정두 씨를 보고, 놀고 있을 때 박사 학위나 따두라고 권하기 시작했다. 내가 한마디 해야 할 차례가 된 셈이다.

"형님이 놀아요? 더 바쁘다오. 변호사를 한답시고 나와선 사무실은 비워놓고 다른 방에 가서 바둑이나 두고 짬만 있으면 골프 치고, 집에 돌아가선 엄처시하에 쩔쩔매야 하는데 박사 논문 쓸 여가가 언제 있겠소."

"저 사람 말따라 논문 쓸 여가도 없거니와 내가 박사가 되면 박사 버리고 내 버리고 양쪽 다 버릴 판인데 그런 것 안 하는 게 좋을 끼구만."

"그렇게만 생각할 건 아녀, 해둘 만한 긴 해둬야지."

하고 정영석 씨는 박사 학위의 효용에 관해서, 그 명예에 관해서, 박사 일반의 생태에 관해서, 또 박사 논문이란 것에 관해서 예를 들어가며 장광설을 폈다.

이정두 씨는 껄껄 웃으며 말했다.

"사람, 이 세상에 태어나서 박사 한번 되는 것도 좋겠지만 나는 안 할란다. 박사 아닌 사람이 많아야 박사의 광이 날 것 아니가. 나는 박사 안 하고 박사 광내줄 사람 될란다."

두 사람 사이에 오가는 말을 듣다가 내가 또 한마디 했다.

"일본에 가니까 이런 말이 있더먼. 사람을 보거들랑 하카세 博士로 알아라. 하카세를 보거들랑 바카세馬鹿士로 알아라."

"그래 내가 바카세란 말요? 참말로 명예 훼손 고발을 할까 부다."

"법률은 실컷 배워놓았겠다. 그 덕분으로 박사까지 됐겠다. 그 지식 이용해서 실컷 고발깨나 해보소."

"허허, 사람 잡을 사람이네."

"사람 잡는 사람은 정 박사와 같은 법률 하는 사람 아뇨?"

"이거 소설가 나부랭이하고 말 못 하겠네. 나도 한번 소설이

나 쓸까 부다. 이 모쯤은 저 발 아래로 굴러떨어지게."

"좋은 생각 했다. 정영석 같으면 아는 것도 많고 허풍도 세니까 소설깨나 쓸 수 있을 기라."

이정두 씨가 이렇게 끼어들고 보니 내가 수세에 몰렸다.

"허풍하고 소설하고 무슨 관계가 있소?"

해봤지만 법률가 둘을 상대로 소설을 옹호할 재간이란 없다.

다행히 화제는 법률가끼리만 할 수 있는 법조계의 소식으로 옮겨졌다.


수원으로 가는 가도에서 오른편으로 접어들어 다리를 건너 안양 시가로 들어갔다. 도착한 것은 '화선정'이란 간판이 붙어 있는 여염집 차림의 요릿집이었다. 그 요릿집의 아랫방에 여덟 사람이 둘러앉았다.

두루 인사가 끝나기도 바쁘게 정영석 씨와 이정두 씨는 바둑판을 사이에 두고 앉았다. 개가 똥을 보고 가만히 있을 수 없듯이 바둑 둘 줄 아는 사람은 바둑판을 그냥 보아 넘길 순 없는가 보았다. 그런데 시작부터 서로 백을 잡으려고 말다툼이다. 양편 모두 절대로 양보하지 않겠다는 태도다.

"하룻강아지 범 무서운 줄 모른다고, 왜 이 꼴이지?"

"내 할 말 사돈이 하네."

"허허, 백을 이리 내놔."

"바둑만은 억지로 안 되는 기라."

하는 수 없이 잡힌 돌의 기우수奇偶數로써 선을 정하기로 했다. 이정두 씨가 잡은 돌이 기수였다. 그때 백을 잡으려고 하자

"뭣을 선을 하자고 안 정한 것 아닌가."

하고 정영석 씨가 떼를 썼다.

"정하고 안 정하고가 있소. 관례대로 해야지."

김용달 씨가 거들었다.

급기야 이정두 씨가 백을 잡았다.

"꼴 창피하게 되었구만."

하고 혀를 끌끌 차며 정영석 씨가 선점을 놓았다.

"당나귀 상대로 바둑을 두다니 참말로 창피한데."

이정두 씨도 돌을 놓았다.

이정두 씨의 바둑 실력은 1급에 가까운 2급이다.

"맞둬선 정 선생 안 될 낀데."

옛날의 실력을 알고 있는 모양으로 김용달 씨가 반면을 들여다보며 말했다.

"바둑은 둬봐야 아는 기라."

정영석 씨는 제법 점잔을 뺐다.

"되나 캐나 놓는 것 아닌가."

하는 이정두 씨.

"천만의 말씀이라고 일러라."

하는 정영석 씨.

"차사此事가 하사何事요."

"하사가 차사요."

"낸다 낸다."

"죽을 꾀 낸단 말이지."

"바둑은 못 둬도 귀 하나는 밝구나."

"기력은 없어도 설력舌力은 있다?"

"거게가 어디라고 들어와."

"불입호혈不入虎穴이면 불포호아不捕虎兒니라."

"식자識字는 우환憂患의 시작이니라. 이건 소동파의 문자라고. 무식한 사람이 어디 이런 유식한 소리 알겠나."

"두 번 유식했다간 제 애비 뺨치겠고나."

바둑 싸움인지 말싸움인지 분간 못 할 정도로 반면의 진행에 따라 말도 거칠어졌다. 어쩌다 상대의 생각하는 시간이 길어지면

"저, 이정두 씨 좀 불러주소. 바둑을 두다가 어디로 가버렸소."

하고 정영석 씨는 익살이고

"앞에 앉은 이 사람, 정영석 씬 줄 아시오? 이건 정영석의 덩치요, 덩치. 혼은 어디로 내빼버린 모양이라."

하고 이정두 씨도 약을 올렸다.

"정 선생, 엉터린 줄 알았는데 그렇지도 않은 모양이네."

김용달 씨가 한마디 하자

"엉터린 줄 알았다니, 용달 씨, 말조심하시오."

44

하고 정영석 씨 버럭 화내는 흉내를 했다. 아닌 게 아니라 정영석 씨의 바둑은 그가 함부로 내뱉는 말과는 달리 칠랑팔랑한 것은 아닌 모양이다.

"제법이야, 제법."

이정두 씨도 정영석 씨의 기력을 인정하는 눈치였다.

"어른 앞에 함부로 그런 말을 해? 제법이라니, 벼슬을 몇 해 하는 동안에 사람 버렸구만."

"바둑엔 져도 말까지 질 수 없다. 이 말인가?"

김용달 씨가 웃으며 한 말이다.

"지다니 누가 져. 용달 씨, 말조심 않을 끼요?"

그러고는 정영석 씨 돌연 심각해졌다.

중앙의 대마가 곤경에 빠진 것이다.

"일본 말에 그런 게 있지 왜. 어리석은 생각은 않느니만 못 하다는……."

이정두 씨가 슬슬 약을 올렸다.

그러자 정영석 씨는

"제에미랄 것. 돌 죽지 사람 죽나."

하고 한 점을 놓았다.

"흠."

하는 감탄의 소리가 이정두 씨와 김용달 씨의 입에서 동시에 나왔다. 그 점으로써 곤경에 빠진 대마가 활로를 찾은 것이다.

그때 요리상이 들어왔다. 바둑을 중단해야 했다. 또 한 소동 있을 것으로 알았는데 두 사람 다 순순히 바둑알을 챙겨 넣는 것을 보니 결과에 대한 자신이 피차 없었던 모양이다. 그러나 정영석 씨는 나를 보고 말했다.

"여보 소설가, 혹시 오늘 일을 소설에나 수필에 쓸라몬 이 바둑은 내가 이겼다고 써주소."

"안 돼, 내가 이겼다고 써라."

"내가 이겼다고 써주기만 하면 《관부연락선》 갖고 고발 안 할 낀께."

하는 정영석 씨에 대항한 이정두 씨의 말은

"기록은 정확해야 할 것 아니가. 내가 이긴 걸로 해야 정확하다."

나는 웃고만 있었다.


술자리는 여전히 정영석 씨의 익살로써 막을 올렸다. 미인들이 각각 사나이들의 사이에 끼어 앉았는데 정영석 씨는 그 미인들의 품평을 시작했다.

"어어, 너 아래 뺨이 약간 처진 걸 보니 심술깨나 있겠고나 야. 그런데 여잔 심술이 있어야 맛이 좋단다……."

"너 귓구멍 근사하구나. 바늘구멍 닮았다. 대강 짐작할 수 있지……."

"넌 관상 한번 좋다. 죽을 때까진 절대로 안 죽겠고, 돈 벌면 부자 되겠고, 서방 잘 만나면 호사하겠구나……."

"뭐라고 성이 배가라고? 꼭지 떨어지면 공가 안 되나, 제기랄 미리부터 공가로 해버려라. 공가의 공×이 좋다. 그렇게 되면 알기 쉽고 외우기 쉽고……."

출출문장에 넘치는 유머로써 실컷 만좌를 웃겨놓곤 정영석 씨가

"너무 씨부렸더니 배가 고프구만."

하며 젓가락을 들자, 비로소 회고담 같은 것이 나돌게 되었다.

들먹여보니 죽은 사람도 꽤 많다. 첫째 화제로서 이광학 씨가 등장했다.

이광학 씨는 6·25 직전 진주고등학교로 옮아가기까지 진주농고에서 훈육 주임을 했었다. 사상은 우익적이었지만 학생이 좌익이라고 해서 결코 차별 대우는 하지 않았다. 되레 우익계의 불량 학생이 그로부터 엄한 경계를 받았다. 좌익계 학생이 경찰이나 방첩대에 끌려갔을 경우, 그는 자기 호주머니를 털어 비용을 쓰면서까지 학생들을 구출하려고 애쓰기조차 했다. 그런 선생을 6·25 때 인민군이 진주에 들어오자 좌익계 학생들이 붙들어다 내무서란 데 넘겼다. 인민군이 후퇴할 때 그를 죽였다. 그러나 그 장소는 알 수가 없다. 따라서 그의 시체는 찾을 수도 없었다.

"지금 살아 있으면 국회 의원이라도 당당한 국회 의원이 되어 있을 끼고 장관壯觀 아닌 장관長官이 되었을지 모를 낀다."

이우주 씨가 한 말이다.

김대지란 사천 출신의 수학 교사는 야산대野山隊로 몰려 역시 비명에 죽었다는 얘기고, 좌익 교사의 거물급이었던 박우철 씨는 진주에서 도피한 후 적당하게 처신해선 적산 관리국의 관재과장을 하다가 병사했다는 얘기도 나왔다. 안상문, 김진권, 김문조 씨 등의 이름이 들먹여지자 정영석 씨가 설명했다. 그들은 정영석 씨와 같은 무렵에 진주농고로부터 진해에 있는 해군사관학교 교관으로 진출한 사람들이다.

　"정부 수립 직전에 함정 납북 사건이 있었소. 일반에게 공개되진 않았지만 상당히 큰 사건이었소. 그 사건의 배후 조종자가 진주농고에 같이 있던 민병준 씨였죠. 민병준 씨가 진해에서 공작을 하고 있을 때 그분들 집을 전전하며 자고 먹고 한 모양입니다. 물론 그분들은 민병준 씨가 진해에서 무슨 일을 하는진 몰랐을 꺼요. 다만 진주서 좌익 운동을 하다가 신변이 위험하니까 진해로 피신해 온 것쯤으로 알았을 테죠. 함정 하나는 감쪽같이 납북되고 하나를 미연에 방지했는데, 그 바람에 전모가 탄로 났죠. 진주농고에서 간 선생들과 같이 진주농고 출신의 학생들도 많이 희생되었지. 30명은 넘었을 꺼요. 모조리 총살당했지."

　나는 안상문 씨를 생각했다. 그는 나의 중학 시절의 선배였다. 단거리 선수로서 이름이 높았기 때문에 특히 인상에 남아 있다. 그는 언제나 당구공보다 배쯤 큰 구체球體를 만지작거리며 교무실 한구석에서 조용히 수학책을 읽고 있었다. 나는 가끔 그의 책상 곁으로 가서 수학 얘기를 듣곤 했는데 어쩌다 정치나 사상 문제에 언급이 되면 보일 듯 말 듯 고개를 흔들며 이런 말을 중얼거렸다.

"좌익들 얘긴 하지도 마소. 그들을 건드리지도 말고요. 벌집이요, 벌집. 어떻게 사람들이 그렇게 용렬할 수 있는지……."

그러한 안상문 씨가 어떻게 좌익으로 몰려 죽을 수 있었을까. 이에 대한 정영석 씨의 설명은 다음과 같았다.

"아시다시피 안 선생은 마음이 약한 분이거든. 민병준 씨완 중학 시절의 동기 동창 아뇨. 그런 친구가 찾아왔으니 숙식을 제공한 기라. 그런데 그게 대단한 일이거든. 어디 변명이 통하겠소?"

"그런 틈바구니에서 정 선생은 어찌 무사할 수 있었소?"

"무사하다니, 나도 혼이 났소. 저승 입구에까지 갔다 왔은께. 그러나 나의 무죄는 명명백백했거든. 아무리 털어봐야 먼지가 나야지."

"아까운 박사 하나 축날 뻔했구나."

이정두 씨의 말에

"거물이 쉽게 죽을 수가 있나. 영화를 봐도 안 그렇더나. 주인공은 죽어도 마지막에 죽거든."

하고 정영석 씨는 폼을 재는 흉을 냈다.

내가 알고 싶은 것은 민병준 씨의 일이었다. 민병준 씨는 진주농고에서뿐만 아니라 공산당 중앙에서도 중요시한 인물이라고 들었다. 그의 공산당 경력은 일제 시대 그가 수원농고에 재학한 시절에까지 거슬러 올라야 한다.

"민병준 씨는 어떻게 됐소?"

"민병준 씨는 죽었소."

"안 붙들렸다고 하던데."

송치무 씨가 한마디 했다. 그는 인사말 외엔 계속 침묵하고 있었는데 민병준 씨 얘기가 나오자 입을 연 것이다.

"내가 잘 알고 있는데요 뭐. 그 당시엔 붙들리지 않았는데 그 뒤에 곧 붙들렸어요. 붙들려서 탈옥을 하려다가 총에 맞아 죽었소. 이건 확실."

정영석 씨가 잘라 말했다.

"한찬우 씬 어떻게 됐을까?"

이렇게 물으며 나는 좌중을 둘러봤다.

"한찬우 씬 이북에서 잘 살고 있는 모양이던데."

송치무 씨의 답이었다.

"남로당 계열은 김일성이 모조리 숙청을 했다던데 어떻게 한찬우 씨만 살아남았을까?"

정영석 씨가 의문을 표명했다.

"한찬우도 죽었어."

이정두 씨가 뚜벅 말을 끼었다.

화제는 살아 있는 사람들의 소식으로 옮아갔다.

서영덕 씨는 진주 도동에서 과수원을 하고 있는데 가끔 안양에 들러선 이현규 씨와 밤새워 술을 마신다는 얘기가 나왔고, 유국년 씨는 진주농고의 교장, 서규대 씬 밀양농고의 교장, 정호영 씨는 사천고교의 교장, 박희규 씨도 무슨 학교의 교장을 한다는 등 얘기도 겹쳤다.

"우리도 가, 가만있었으면 교, 교장 선생님 될 뻔 안 했나?" 하고 이우주 씨가 웃겼다.

변형섭 씨 이전의 교장이었고 그 뒤 진주농대의 학장으로 있었던 황운성 씨는 한동안 충남 교육감을 하다가 지금은 대전 어떤 전문학교의 교장직에 있다고 했다.

이런저런 얘기 가운데 이현태 씨라고 하는 그때만 해도 60이 넘어 있었던 노 선생이 90세의 고령으로 아직도 살아 있다는 얘기를 들은 것은 반가왔다. 곰보인 그 선생을 만물상萬物相이란 별명으로 놀려댔던 기억이 난다. 그리고 이어 최익찬 씨란 음악 교사가 역시 곰보여서 신만물상이란 이름으로 구별해서 불렀던 기억도 났다. 그는

"우리 교사들은 이미 수양이 되고 도道가 통해 있어 공기만 마시고도 살 수 있지만 데리고 있는 권속들은 아직 도가 덜 통해서 밥을 먹여야 하는가 봅니다. 그런데 지금 받고 있는 쥐꼬리만 한 봉급 가지고 아무리 박산 기계에 넣어 튀겨 먹으려고 해도 어림이 없습니다. 후생비 좀 올려주어야겠습니다." 하는 명연설을 직원회의 석상에 한 사람으로서 인상에 남아 있다.

이렇게 헤아리고 있으니 6·25 때 죽은 사람으로서 이정수 씨, 이덕근 씨가 기억 속에 떠오르고, 내 초등학교 때의 은사이면서 동료이었던 손명석 선생의 모습도 뇌리를 스쳤다. 이 밖에 나와 같이 영어 교사로 있다가 경기고등학교로 와서 자동차 사고로 죽었다는 박용구 씨도 있다…….

회고담이 막바지에 이를 무렵 이청진 씨가 민청학련에 가담했다는 죄목으로 교도소에 수감되었다가 최근에 풀려나온 이열李烈 군의 아버지란 사실이 화제에 올랐다. 정영석 씨는 선뜻 자세를 고쳐 앉더니

"허, 이거야말로 빅뉴스다."

하고 호들갑을 떨었다.

이청진 씨는 어쩔 줄을 몰라 하며

"그저 죄송하고 부끄러울 뿐입니다."

하고 얼굴을 붉혔다.

"그런 아들을 가진 아버지는 괴로운 법이라."

그 집안 사정을 속속들이 알고 있는 듯한 이우주 씨가 남의 일 같지 않은 표정으로 말했다. 이청진 씨는 아들 일로 직장에 사표까지 내놓고 근신을 했다는 얘기도 나왔다.

"왕년의 홍안 소년들이 아들 걱정, 며느리 걱정을 하게 되었으니 우린 볼 장 다 본 셈이야."

하고 이정두 씨가 아들딸을 가진 부모로서의 괴로움을 말했다.

"손자 본 사람 손 한번 들어보자."

고 누군가가 제의를 했다.

"우울한 얘긴 치워. 손자 안 본 사람 손이나 들어보라지."

하고 뱉듯이 말한 김용달 씨의 말엔 벌써 취기가 있었다.

"우리 이바구 그만하고 밴드나 청해 놉시다."

주최자인 안희상 씨가 이렇게 말하자

"얘긴 그만, 얘긴 그만."

하고 보채던 아가씨들이 일제히 환성을 올렸다.

"밴드 들어와요."

"어서 들어와요."


밴드가 울렸다. 마이크도 울렸다.

아가씨들이 차례로 나가 노래를 불렀다. 노랫소리를 듣자 단번에 취기가 오른 모양으로 김용달 씨가 비틀거리고 나가더니

"거짓말이야, 거짓말이야……."

하고 사뭇 신명 나게 한 곡조 불렀다.

그러고는 누구가 제의한 것도 아닌데 차례대로 노래를 불러야 하게 되었다.

정영석 씨는 연설 말씀에 곁들게 '으악새 슬피 우니 가을인가요'를 목청껏 뽑아냈고, 이정두 씨는 '진주라 천리길'을 부르곤 재청이 있자 '의곡사 우는 종이 가신 님을 불러도'라고 기분을 내었다.

안희상 씨는 '목포의 사랑', 이우주 씨는 '강남달', 이청진 씨는 '푸른 하늘 은하수', 나는 '뻐국 뻐국 산속에서 울면 똑 딱 똑딱 해가 저문다'를 불렀다.

이현규 씨의 차례가 되자

"일제 시대 군 속으로 김정열 씨를 따라 남방에 갔을 때 배운 노래밖엔 모르는데, 이건 일본 노랜데⋯⋯."

하고 망설이더니 자카르타를 바타비아라고 했을 무렵의 일본 가요 '바타비아의 밤'을 불렀다. 일본에서 나고 일본에서 청년기까지 지낸 이현규 씨의 말에선 아직도 일본취日本臭가 빠지지 않고 있다. 이현규 씨는 그 노래를 부르곤 내 옆에 와서 펄썩 주저앉더니

"이 선생님, 진주농고에 해방 직후 2년 있다가 지금 연구소로 옮긴 지 28년이나 되는디요, 28년 동안 과장 자리에 그냥 있습니다. 어떻게 생각하십니까?"

하고 물었다. 묻는다기보다는 술에 취한 김에 하는 넋두리였다.

"이현규 선생의 박사 논문이 훌륭하다고 일본 학계로부터 대단한 칭찬을 받았고, 일본 과학심의회의 의장이 직접 한국에까지 와서 학위증을 전달하고 한 우수한 학자인데 지위는 영 안 올라간단 말야."

하고 안희상 씨가 거들었다.

"그래도 좋아요. 나는 연구만 하면 되니까 아무런 불만 없어요."

하고 아까의 넋두리를 후회한 듯 고쳐 말했다.

나는 얼핏 우리나라가 낳은 육종학育種學의 대가 우장춘禹長春 박사를 연상했다. 그분은 박사 학위를 가졌을 뿐 아니라 세계에 명성을 떨칠 정도의 연구 실적이 있었는데도 일본 동경 농사 시험장에서 20년 동안이나 기수技手도 채 못 되고 조수助手로서 일하고 있었던 것이다. 그런 일이 생각나기도 해서 나는

"학자는 지위보다 연구 실적이 소중한 것 아닙니까."

하고 수신책 같은 말을 했더니 이현규 씨는 고개를 몇 번이나 끄덕이며 수긍했다.

"그렇습니다. 그렇습니다."

옆에 있던 이우주 씨가 말했다.

"지위는 무, 문제가 아니라고 치, 치더라도 생활이 문제 아닌가 배. 지, 지위가 낮으니 보수가 박하거든. 하여간 이현규 박사는 학문은 자, 잘하지만 운동할 줄 몰라서 파이라."

노래의 차례는 다시 아가씨들에게로 돌아갔다.

"한 번 보고 두 번 보니 자꾸만 보고 싶네."

하는 아가씨가 있었다.

이정두가 마이크를 뺏어 들고

"한 번 보고 두 번 보니 자꾸만 보고 싶더니 세 번 보고 네 번 보니 자꾸만 보기 싫어졌네."

하며 고쳐 불렀다.

어느덧 춤이 시작되었다. 트로트에서 맘보로 바뀌었다. 밴

드 소리, 노랫소리, 춤추는 사람은 신이 나서 기성을 올리니 그 가운데서 얘기를 하자니까 고함이 높아질 수밖에…… 무슨 얘길 하는지 떠드는지 알 수 없는 소용돌이가 계속되었다.

노래에도 지치고 춤에도 지치고 얘기에도 지치고 술에도 지쳤다. 낭자한 배반杯盤을 사이에 두고 사람들은 걸레처럼 을씨년스럽게 퍼져 앉았다.

그토록 지껄여젖히던 정영석 씨도 씨부릴 기력을 상실한 모양이었다.

"당나귀도 얌전할 때가 있구나."

이정두 씨가 빈정대고

"아아, 귀찮다. 모든 게 다 귀찮다. 빨리 마누라 곁으로 갔으면 좋겠다."

고 손을 내저었다.

과일이 들어왔다. 물수건이 들어왔다. 묘하게 공간 한가운데 진공이 생긴 것마냥 일순 침묵이 흘렀다.

그때였다. 이정두 씨가 자기완 한 사람 띄운 건너 자리에 앉아 있는 송치무 씨를 불렀다.

"송 군!"

"어."

하고 송치무 씨가 고개를 돌렸다.

"사람이라면 지조가 있어야 할 것 아닌가. 자넨 보아하니 변절한 모양이로구만."

나는 화끈하는 느낌으로 이정두 씨와 송치무 씨 두 사람을 스쳐보고 주위의 공기를 살피는 마음이 되었다. 다행하게도 모두들 술에 취해 그 장면의 의미를 알아차리지 못하는 것 같았다.

이정두 씨는 곧 태도를 바꾸어 부드럽게 말했다.

"언젠가 차를 타고 지나면서 자네 같은 사람을 본 기억이 있지. 하는 일은 잘되나?"

"그럭저럭 그래."

송치무 씨의 대답은 주저주저했지만 그로써 긴장은 풀렸다.


2차회를 하자는 제안이 있었지만 그냥 헤어지기로 했다. 9시 가까운 시각이었다.

"1년에 한 번쯤은 모이자."

고 이우주 씨가 말했다. 모두들 좋다는 의견으로 일치를 보았다.

안양에 집이 있는 안희상 씨, 이현규 씨와 같이 남는 사람이 있어 정영석 씨, 김용달 씨, 그리고 나는 이정두 씨의 차를 탔다.

돌아오는 길 나는 이정두 씨가 송치무 씨에게 한 말을 되씹어봤다. 이정두 씨로선 아득히 30년 전의 일이긴 하나 모략과 중상을 꾸며 학생들을 선동해선 진주농고로부터 자기를 축출하려고 끈덕지게 서둔 송치무 씨 등의 소행을 잊을 수가 없을 것이었다. 그래도 그는 그런 내색을 조금도 하지 않고 한나절 한밤을 유쾌하게 같이 놀았다. 그랬는데 마지막에 가서 상대방의 가슴에 비수를 꽂았다. 나는 그런 일이 없었더라면 얼마나 좋았을까 하는 마음으로 안타까웠다. 아무런 말도 안 하는 것이 되레 책벌의 뜻을 가중할 것이었다.

그러나 자동차가 한강을 지나고 있을 무렵에 내 생각은 변했다. 이정두 씨는 그 한마디로서 송치무 씨로 하여금 평생 동안 그에게 대해 지고 있을 마음의 빚을 갚게 한 것이다. 그렇게 생각하니 달인인 척 초연하게 위선을 꾸미는 것보다 누적된 가슴속의 독기를 그렇게라도 뽑아버리는 것이 훨씬 인간답다는 느낌으로 내 마음은 한결 가벼워졌다.

자동차는 시심市心으로 들어왔으나 왠지 그냥 헤어지기가 싫은 아쉬움이 남아 네 사람은 소공동 미조리에 들러 초밥 몇 개씩을 먹게 되었다.

그 자리에서 우연히 아이들의 얘기가 나오자 화제가 미국 대학에서의 학위 문제로 옮아갔다. 이정두 씨의 아들이 미국 스탠퍼드 대학에서 목하 박사 과정을 밟고 있기 때문이기도 했다.

미국 대학의 학제가 대학마다 약간씩 다르다는 얘기 끝에 나는 서강대학의 김 모 교수가 5,000불 상당의 수당을 받고 지금 미국 예일 대학의 연구 교수로 가 있다는 것과, 대학에 따라

선 박사 과정의 시험에 합격하면 논문을 제출하기 전에 주는 학위도 있더라는 애길 했다.

그랬더니 김용달 씨가 그럴 리가 없다고 나섰다. 나는 김 모교수가 한창 학위 논문을 타이프라이팅하고 있을 무렵, 그를 서강대학의 연구실로 찾아간 일이 있는데 그때 미네소타 대학에서 보내온 자격증서를 분명히 내 눈으로 보았던 것이다. 그래 그대로의 사실을 말하고 Ph.D가 아닌 D.A쯤의 자격증서가 아니었을까 말했지만 김용달 씨는 그럴 리가 없다고 하고 게다가 '절대로'라는 부사까지 붙였다.

나는 이런 경우가 바로 일본의 도쿠가와 이에야스란 자가 '참말 같은 거짓말을 하되 거짓말 같은 참말은 하지 말라'고 했다는데 그 '거짓말 같은 참말'을 내가 한 것이로구나 하고 무안을 참을 수밖에 없었다.

나는 김용달 씨에겐 아련한 우정을 느끼고 있는 만큼 내가 보았다고 하는데도

"절대로 그런 일은 없소. 그만."

하고 단정하는 덴 정말 아찔했다. 이어 세상에 이럴 수는 없다는 생각이 들었다. 아무리 자기 생각으론 그럴 까닭이 없다는 확신이 있더라도 친구가 '내 눈으로 보았다'고 말했을 땐 판단 표명을 유보할 수 있는 것이 친구다운 아량이 아닐까. 꼭 같은 현상을 두고 꼭 같이 정밀검사를 했는데도 결과가 다르게 나오는 경우가 있다는 것을 나는 어느 책에서 읽은 적이 있

다. 물론 이 문제와 그 문제는 성질이 다르지만 절대성을 지향하면서도 개연성을 주장해야 하는 정도로 겸손해야 할 자연 과학자의 태도로선 김용달 교수의 태도는 너무나 지나치다는 느낌마저 들었다. 미국엔 수백 개의 대학이 있고 학칙이 각각 다를 수 있다는 사정을 감안하면 정말 그럴 수는 없는 것이다. 이런 까닭도 있어 나는 석연할 수 없는 기분으로 집으로 돌아왔다.

(후일담이지만 서강대학의 김 교수가 돌아온 뒤 알아본 결과 미네소타 대학과 오리건 대학에선 그런 제도가 있다는 얘기였고, 내가 그날 밤 한 말엔 착오가 없었다는 사실을 확인했다.)

그날 밤 나는 꿈을 꾸었다.

이재호李在鎬 군이 무대 의상 같은 묘한 옷을 입고 나타났다.

언제나 우울하고 언제나 수줍어하던 생시의 표정이었다.

"오늘 모임에 왜 나는 안 불렀노."

원망스런 말투였다.

"앗차, 자네도 참 진농에 있었지. 그런데 자네 부인을 로스앤젤레스에서 만났다. 자넨 지금 어딨노?"

나는 이렇게 말했는지 말하려는 참이었던지 잠을 깨었다. 어두운 방 안에 커튼 틈으로 달빛이 환히 스며들어 와 있었다. 초저녁엔 없었던 달이니 만월이 아닌 것은 틀림없었다.

오늘도 아가씨들이 이재호가 지은 노래를 불렀다. 〈대지의 항구〉를 불렀고 〈귀국선〉도 불렀다. 그 곡조에 맞춰 트로트를 추기도 하고 맘보도 추었다. 그런데 이재호의 이름은 회고담 속에서 나타나지 않았다. 일제 때 유행가 작곡가로 날린 이재호는 해방 직후 뜻하는 바 있어 고향에 돌아와 진주농고의 교사 노릇을 했다. 유행가 작곡가로서 끝내기론 아까운 인재였다. 그랬는데 그는 폐를 앓다가 요절하고 말았다.

'지금 살았으면 50 남짓, 혹시 위대한 작곡가가 되었을지도 모르고, 설혹 그렇게 안 되었다고 하더라도 오늘날 한국 대중가요계의 판도는 그로 인해서 어떻게 변해 있을지 모를 일인데……'

하는 생각에 잠깐 잠겼다.

그러다가 보니 잠은 영영 오질 않았다. 나는 오늘의 모임에서 들먹여지지 않는 사람들의 이름을 열심히 찾아보기로 했다. 탁, 구, 송, 김, 이…… 60명가량의 정원이 3년 동안 드나들었으니 얼굴만 기억나고 이름이 떠오르지 않는 사람도 많았다.

아무렴 30년의 세월을 내 약한 기억력으로썬 감당하기 힘들었다. 나는 산천이 함께 격동한 30년의 시간 속을 살아남은 내 운명의 보람을 생각하기로 했다. 거게 세계의 30년이 겹치고 베트남의 30년이 겹쳤다. 살아 있는 한 나는 승자의 축에 들지 모른다는 생각이 일기도 했지만 내일이 있을지도 모르고 없을지도 모르는 상황에 마음이 미치자 그 생각은 쓴웃음으로 얼어붙을 밖엔 없었다.

침대에서 내려 커튼을 젖혔다. 한쪽 모서리를 뭉개버린 듯
한 원형의 달이 엷은 구름 사이로 소리 없이 흘러가고 있었다.
    음력 스무날께의 달인가 보았다.

《현대문학》, 1976. 1. / 《내 마음은 돌이 아니다》, 서당, 1992.

# 칸나 · X · 타나토스

# 칸나 · X · 타나토스

어떤 날 또는 어떤 일을 기록하기 위해선 얼음장처럼 차가운 말을 찾아야만 하는 경우가 있다. 그것도 냉장고에서 언 그런 얼음이 아니라 북빙양北氷洋 깊숙이 천만년 침묵과 한기로써 동결된 얼음처럼 차가운 말이라야 한다. 기억의 부패를 막기 위해선 그 밖에 달리 방법이 없는 것이다.

그러나 나는 끝내 그러한 말을 찾아낼 수가 없었다. 내 인생인들 꼭 기록해둬야 할 날이 몇 날쯤은 있는데, 이런 사정으로 해서 그 기록을 미루고만 있었다. 그런데 미루고만 있을 수 없는 사정이 되었다. 체온이 묻어 있는 미지근한 말에 싸여 나의 기억이 이미 부식 과정을 밟고 있다는 사실을 깨닫게 된 것이다.

부식해서 분해하고 드디어 증발한들 아쉬운 기억은 아니다. 하지만 '그러나' 하는 감정은 남는다. 그러니 다음은 얼음장처럼 차가운 말이라야만 비로소 그 기록이 가능한 날 가운데의 하루를 '그러나' 하는 미지근한 감정과 말로써 적을 수밖에 없었다는, 약한 인간의 졸렬한 기록일 따름이다.

이해 7월 31일로써 아버지가 세상을 떠난 지 15년이 되었다. 눈 깜박할 사이에 지나버린 것 같은 느낌이어서 당황했다. 당황할 만도 하다. 15년이라면 한 마리의 독사가 수만 마리의 새끼를 칠 시간이며 책가방을 버거워하던 소년이 달 로켓을 조종할 수 있는 힘과 기술을 가꿀 수 있는 시간이다.

아버지의 생애는 평범하게 살다가 평범하게 간 사람의 일생이다. 평범하게 살았대서 풍파가 없었다는 것이 아니고 평범하게 갔대서 그 죽음에 비극적인 색채가 없었다는 뜻도 아니다. 나름대로 풍파를 헤치며 살았고, 그 죽음도 나름대로의 비극이었다.

죽은 지 15년이나 되고 보면 제사란 그저 형식적인 행사일 뿐이다. 그러나 금년에도 가까운 친척, 먼 친척들이 고인에겐 조카뻘, 손자뻘, 증손자뻘이 되는 아이들을 데리고 와서 최소한의 공간을 차지하고 사는 집에 시끌덤벙한 잔치 기분을 일으켰다.

"그 어른이 돌아가시고 난께 친척끼리 우애가 없어진 것 같애."

"뭐니 뭐니 해도 우리 집안에선 제일 큰 어른이었는디."

"아들들이 즈그 아부지 따라갈라몬 까아맣지."

"그렇고말고."

어른들이 이렇게 소곤대고 있는 건 아버지에 대한 추억이라기보다 내게 대한 빈정거림이란 것을 나는 잘 안다. 작년에도 그런 소릴 들었고 재작년, 재재작년에도 들었던 소리다.

마루에선 꼬마들의 노래자랑이 벌어졌다.

"안녕하세요, 또 만났군요……."

다섯 살짜리란 꼬마가 재롱을 떨었다.

"이 세상에 태어나서 그 누구라도 한 번쯤은 사랑하고 헤어지지만……."

아까의 꼬마 또래의 여식 아이가 제법 기분을 내며 불렀다.

이에 질세라 또 한 아이가

"거짓말이야, 거짓말이야, 사랑도 거짓말, 눈물도 거짓말……."

하고 몸을 흔들어젖혔다.

"나를 우습게 봤다, 이거지?"

엄마의 품에 안긴 채 희극 배우의 흉내를 내고 있는 어린애는 네 살짜리라고 했다.

"텔레비가 만들어놓은 무서운 텔레비아兒들이구먼."

아우가 껄껄대고 웃었다.

"이건 유년 문화다."

대학생인 조카아이가 말했다.

"느그 청년 문화보다 못한 게 뭐 있노?"

하고 나도 한마디 끼었다.

"할아부지가 느그 노는 걸 봤으면 얼마나 웃을꼬."

노모는 주름 사이로 이렇게 말했다.

드디어 조촐한 제상이 차려지고 현고학생부군신위顯考學生府君神位의 지위가 붙었다.

"벌써 15년이라!"

등 뒤에 어머니의 한숨 소리가 들렸다. 내게도 꼭 같은 감상이 일었다. 아버지가 돌아가신 지 15년 동안에 생겼던 일을 되돌아보는 마음이 되었다. 살아 계셨으면 오죽이나 기뻐했을까 하는 일들이 전연 없었다고는 말할 수 없지만, 보다는 그 험한 꼴을 보지 않아 다행이라고 여겨지는 일들이 많다.

"우리 외갓집엘 갔더니 지위에 통정대부신위通政大夫神位라고 썼던데요."

조카가 내 곁으로 다가서며 말했다.

"느그 외증조부가 통정대부 벼슬을 했겠지."

내가 이렇게 말하자 그는 또

"우리 집 아랫방에 세 들어 있는 사람 제사 지내는 걸 봤는데 그 사람들은 현고경사부군신위顯考警査府君神位라고 했더먼요."

하고 애매하게 웃었다.

"고인의 직명職名을 썼구면."

"그렇다면 할아부지 지위에도 현고회장신위顯考會長神位라고 쓰면 되잖아요?"

아버지가 생전 학부형 회장이니 기성회 회장이니를 한 적이 있어 모두들 '회장님' '회장님' 하고 부르던 것을 기억하고 한 말인 것 같았다. 나는 명예직과 직업으로서의 지위는 다르다는 말을 하고 이렇게 덧붙였다.

"그러나 통정대부니 진사니 경사니 하는 것보다 학생이라고 해놓은 것이 얼마나 좋으냐. 사람을 배우는 존재로서 인식했다는 것도 좋고. 학생이라고 겸손하는 뜻도 좋구."

"누가 그렇게 하길 정한 겔까?"

"주자朱子일 게다. 그는 사회와 우주를 유교의 질서로써 본 어른이었으니까."

이러고 있는 동안에 제객들이 모여들었다. 우리 집안의 제사 방식은 남인南人의 계풍을 따르고 있었기 때문에 제사를 지내는 동안엔 여인들은 그 장소에서 물러나 있어야 한다.

차례가 끝나자 어머니가 들어왔다. 어머니는 제상 앞에 꿇어 앉더니 향을 피고 정성스럽게 잔에 술을 따랐다. 그러더니 들릴 듯 말 듯 울먹이며 중얼거렸다.

"당신도 참 너무해요. 당신에게 영혼이 있고 마음이 있거들랑 당신이 애지중지하던 당신 손주 병이 낫도록 하소. 나는 그 애 병이 낫지 않으믄 당신 곁으로 갈 수도 없소."

나는 뭉클한 슬픔이 주먹처럼 가슴에서 솟아올라 목구멍을 틀어막는 것 같은 충격을 느꼈다. 어머니 아버지의 장손은 심한 편은 아니었지만 지금 병에 걸려 있는 것이다.

아버지는 생전 그 애를 무척이나 사랑했다. 들판을 채운 논을 가리키며 무등을 태운 그 애에게

"저게 전부 네 논이다."

하고 자랑삼아 말한 적도 있다. 그러나 아버지 돌아가신 뒤 그 전답은 남의 손으로 건너가버리고 말았다. 그래 작년에만 해도 어머니는 아버지의 영전에 '우리가 구차하게 살아도 당신 손주가 이처럼 의젓한 대학생이 돼 있으니 만족할 기요' 라는 말은 할 수 있었다. 그런데 금년엔 그만한 떳떳함도 없는 것이다.

나는 제상 위의 과일을 어린 조카들에게 나눠주기 위해 돌아서서 눈물을 닦으려고 했으나 그 동작이 쉽지 않았다. 아버지의 모습과 돌아가신 그날의 정경이 토막토막 선명하게 떠올라 내 마음을 가눌 수가 없었다. 돌연 얼음장처럼 차가운 말의 필요를 새삼스럽게 느끼기조차 했다.

1959년 7월 31일.

당시 나는 부산에 있는 K신문의 주필과 편집국장을 겸하고 있었다.

그날 아침 출근을 했더니 내 책상 위에 칸나의 꽃을 담뿍 담아놓은 청자풍의 꽃 항아리가 놓여 있었다.

사환 아이의 말에 의하면 애독자라고만 말한 어떤 여인이

어제의 기사에 감동했다면서 항아리와 그 꽃을 가져왔더라는 것이다.

"어떤 기사라고 하더냐?"

"그저 어제의 기사라고만 말했어요."

"젊은 여자더냐?"

"예."

"그 밖에 말은?"

"없었습니다. 편집국장님의 책상에 놓아두란 말밖엔요."

나는 의자에 앉아 거북한 기분으로 그 꽃을 보았다.

"상당히 잘난 여자던데요."

사환은 어색하게 웃고 저편으로 갔다.

출근하기 시작한 기자들이 내게 인사를 겸해 각기 묘한 눈초리로 그 꽃에 시선을 보냈다.

대강 짐작할 수 있듯이 편집국장의 책상이란 꽃병을 놓아둘 만한 사치스런 장소가 아니다. 우선 스페이스가 용서하지 않는다. 국내의 그날의 각 신문이 빠짐없이 놓여 있어야 하는 데다가 순식간에 통신이 더미로 모이고 게라가 쌓여지고 조사부에서 꺼내 온 자료들이 붐비고 얼마 안 가 물기가 축축한 대장이 몇 번이고 펼쳐져야 한다. 글라스에 꽂힌 한 떨기의 꽃도 거추장스러운데 7, 8세 난 소년의 머리 크기만 한 항아리에 담뿍 담겨진 키가 큰 칸나를 감당할 까닭이 없다. 필요는 미학을 불러들이기도 하고 쫓기도 하는 법인데 편집국장 책상의 필요는 그런 따위의 미학을 일체 거부해야만 되게 돼 있다. 설혹 그 책상에 꽃병을 둬둘 만한 스페이스가 있었다고 치더라도, 백 수십 명의 기자들이 소음과 먼지를 일으키며 뉴스를 쫓고 뉴스를 모으고 있는 비정의 현장에 편집국장 책상에서만 꽃을 피워둘 순 없는 것이다. 꽃으로 해서 사람도 어색하고 그런 사람으로 해서 꽃도 어색하기 마련이다. 그런 데다 나는 칸나의 꽃을 좋아하지 않는다. 백일하에 보면 음탕하게 타오르는 정염과 같고 그늘에서 보면 짙은 화장을 한 창부를 방불케 하는 것이 지나치게 신경을 자극하기 때문이다.

그러나 나는 그 꽃병을 치우라고 할 수가 없었다. 호의에 대한 일종의 체면이랄 수도 있다. 하루쯤은 그 애독자의 호의를 받들어 그냥 둬두자 하는 마음이었다.

편집국장의 아침은 의욕에 차 있다. 하얀 백지를 세계의 뉴스로 꽉 채워 멋진 신문을 만들자 하는 의욕으로써 행복한 시간이기도 하다. 신문처럼 무한한 가능을 가진 것은 없다. 어떻게 만들어져야 최고의 신문이 될 수 있다는 표준이 없기 때문에 아침마다의 의욕은 언제나 새롭다. 만들어놓고 보면 다시 매너리즘을 발견하고 환멸하는 것이지만 그 매너리즘을 이겨내기 위해서도 아침엔 호랑이라도 잡을 듯이 서둘러야 하고 그만큼 아침의 편집 회의는 활발해야 하는데 칸나에 마음을 빼앗겨 그날 아침의 회의는 흐지부지 끝냈다.

회의를 끝내고 어제의 신문을 펴 들었다. 어떤 기사가 칸나를 이곳에 있게 했는가를 찾아보고 싶었던 것이다. 나는 곧 짐작할 수가 있었다. 글로리아란 이름의 양공주가 웃음과 육肉을 팔아 모은 돈을 고아원에 기부하고 죽었다는 기사일 것이었다. 나는 짤막한 기사로썬 감당할 수 없는 글로리아란 인생의 애환을 감상하면서 꽃을 가져온 여인도 필시 양공주일 것이라고 짐작했다. 그러고 보니 더욱 칸나의 항아리를 치워버릴 수가 없는 마음으로 되었다.

석간을 내놓고 점심을 먹고 목욕을 하고 거리를 헤매다가 4시쯤에 신문사로 돌아왔다. 오후 5시부터 내일 아침에 나갈 조간 신문을 준비해야만 했다. 스태프를 내 책상 주변에 모아놓고 조간에 관한 회의를 시작했다. 칸나를 무시하고 회의에 열중할 수 있었다.

내일은 8월 1일, 그리고 토요일이니 해수욕장이 본격적으로 붐빌 것이었다. 게다가 별반 사건도 없으니 해수욕에 중점을 두고 신문을 만들어야 할 것이라고 의견의 일치를 보곤 세부의 토론으로 들어갔다.

나는 작년 전국의 해수욕장에서 죽은 사람의 숫자 일람표를 제1면에 내자고 제의했다. 그러는 것이 경각심을 자아내는 가장 효과적인 방법이라고 했다. 그랬는데 아무도 반대할 사람이 없을 것이라고 생각한 그 의견에 반대하는 사람이 나왔다. 체육부장이었다.

"8월 1일, 더구나 아침에 나갈 신문인데 사망자의 일람표를

제1면에 낸다는 건 생각해볼 문젭니다."

그러나 나는 기분이 문제가 아니라 경각이 문제라고 맞섰다. 체육부장도 지지 않았다. 모처럼 해수욕을 즐기려는 참인데 사망자의 수를 들먹여 기분 잡치는 것은 신문의 봉사 정신에 어긋난다는 것이다. 나는 그의 고집스러운 태도에 슬그머니 흥분했다. 꼭 같이 명분과 이유가 있는 의견이라면 편집국장의 의견에 동의해야 할 것이 아닌가 하는 상위자 의식이 발동한 때문이다. 나는 자리에서 일어서서 오른팔을 쑥 뻗어 체육부장의 코끝을 건드릴 듯하면서

"잔말 말고 내 시키는 대로 해요."

하고 뱉듯이 말하곤 팔을 제자리로 돌렸는데 그 동작이 필요 이상으로 컸던 모양이었다. 팔꿈치 근처를 칸나의 잎사귀가 스친 기분이더니 항아리가 책상 아래로 굴러 떨어졌다.

병은 거짓말처럼 깨어졌다. 쏟아진 물을 뒤집어 쓰고 콘크리트 바닥에 쓰러지듯 누운 칸나는 능욕으로 유린된 요부의 여체처럼 처참했다. 왈칵 피 내음까지 났다.

"보라구. 사고는 이처럼 순간에 일어나는 일이라구. 그러니 해수욕에 관해선 얼마든지 조심해도 지나치진 않아."

깨진 꽃병까지도 권위 의식을 위해 이용하고 있는 내 자신의 태도를 열적게 생각하면서도 나는 이렇게 얼버무린 것이지만 그러나 그건 건성이었고 아무렇게나 사환의 손에 쥐어 쓰레기통으로 옮아지고 있는 칸나의 그 강렬한 색채는 일종의

처참감과 함께 내 망막에 남았다.

바로 그다음 순간에 있은 일이다. 무전실의 K기자가 달려왔다.

"조봉암 씨의 사형 집행을 했답니다."

스태프의 면면에 긴장감이 돌았다.

"톱을 바꿔야겠구나."

취재부장의 말이었다.

"물론 바꿔야지."

"1면 톱? 3면 톱?"

"사진을 찾아라, 사진!"

편집부장이 조사부를 향해 고함을 질렀다.

나는 아직도 망막에 칸나의 피 빛깔을 남겨둔 채 의자에 앉으며 담배를 피워 물었다.

"조봉암의 사진을 죄다 꺼내라."

"해수욕 기사는 4면으로 돌려."

편집국 내는 아연 활기를 띠기 시작했다. 뉴스다운 대사건이 일어날 때마다 보이는 광경이다.

사람을 사형 집행했다는 슬픈 사건도 신문사에 들어오면 이런 꼴이 된다. 무슨 면에 몇 단으로, 제목은 어떻게 뽑고, 사진은? 최근 사진이라야 해, 하는 식으로 어떤 사건이건 신문 기자의 손에 걸리기만 하면 생선이 요리사의 손에 걸린 거나 마찬가지로 된다. 요리사에겐 생명에의 동정 따위는 없다. 그 생선이나 생물을 가지고 한 접시의 요리를 장만해야 한다. 신문 기자도 마찬가지다. 어떠한 비극도 그것이 뉴스감이면 한 방울의 감상을 섞을 여유도 없이 주어진 스페이스에 꽉 차도록 상품으로서의 뉴스를 장만해야 한다. 독자의 눈시울을 뜨겁게 하는 기사를 울면서 쓰는 기자란 거의 없다. 사형 집행을 지휘하고 지켜보는 검사의 눈도 기사를 쓰는 기자들처럼 차가웁진 않을 것이다.

기자들은 기사를 쓴 연후에야 희극엔 웃고 비극엔 슬퍼한다. 하루의 일이 끝나고 통술집에 앉아 한 잔의 술잔으로 마음과 몸의 갈증을 풀고서야 겨우 인간을 회복한다.

"기사는 누가 쓰기로 했지?"

"변 기자가 쓰기로 했습니다."

이렇게 답한 취재부장에게 나는 다시 물었다.

"집행 시간은 언제라고 하던가?"

"오전 11시 반쯤이라던데요."

"그런데 5시가 넘어서 전화야? 서울 지사는 뭣 하는가 도대체?"

"아마 발표가 늦은 모양이죠."

그것 가지고 호외는 낼 수 없을 것이니 설혹 발표가 일렀다고 해도 조간에 맞도록만 연락하면 되는 것이다. 서울 지사도 그런 타이밍을 생각했겠지 하고 나는 불만을 소화시켜야만 했다.

"그런데 조봉암 씨의 마지막 말은 없었는가?"

"술을 한잔 주었으면 했더랩니다."

"그래 술을 주었는가?"

"안 준 모양입니다."

"⋯⋯."

나는 편집국장으론 지면 할당을 해야 했고, 주필로선 논설 계획을 짜야 했다. 편집국에서 할 일을 대강 마치고 3층 논설위원실로 올라갔다.

"조봉암 씨의 사형 집행이 있었다죠?"

K논설위원이 나를 보자 이렇게 말했다. 논설위원실에도 그 소식은 이미 전해져 벌써 그 사건이 화제로 되어 있었던 모양이다.

나는 내일 조간의 사설엔 그 사건을 언급해야 하겠다는 취지를 설명하고 토론에 들어갔다.

"국법을 어겼으니 죽어 마땅하다 쓰겠습니까, 어떻게 쓰겠습니까? 당국이 잔뜩 신경을 곤두세우고 있을 텐데 섣불리 뭐라고 하겠습니까?"

H위원의 말이었다. 조봉암은 이승만 대통령의 정적이었다. 그런 만큼 조심해야 한다는 뜻이다. 이해할 만한 의견이었지만 동조할 순 없는 의견이었다.

"당국을 위해서 신문을 만드는 거요?"

한마디 핀잔을 주어놓고, 나는 그 사건에 따른 문제점을 제시했다.

논설위원실은 편집국과는 달리 희극이건 비극이건 정치적으로 해석하려는 버릇이 있는 곳이며, 사건이면 사건, 문제면 문제에 대해서 각기 개성적인 감정을 탈피 못 하는 곳이기도 하다. 그만큼 사고력에 있어선 앞서 있는지는 몰라도 뉴스에 관한 예민한 센스라든가 그 의미의 객관적인 파악에 있어선 편집국 기자들보다 뒤지고 있는 것이다. 그런 데다 자기 개인의 감정을 섞은 의견을 '여론에 의하면' 하는 식의 견강부회로 발상하는 곳이 논설위원실이기도 하다. 그러나 평균적인 감정과 의견이 있기 마련이라서 결국 어떤 결론으로 낙착되기도 하지만 대개의 세상일엔 양쪽에 꼬리가 붙어 있는 일도 있어 논설 회의는 백열전으로 난항하는 경우가 많다. 그러나 그러한 토론처럼 흥미 있는 일도 드물다.

어느 땐가, 선거 운동이 한창 무르익고 있을 무렵이었다. 공무원의 선거 운동이 문제로 등장했다. 공무원의 선거 운동은 불가하다는 방향으로 결론을 지우려는데 R이란 논설위원이 반대하고 나섰다. 그는 영국의 예를 들먹여가며

"공무원의 선거 운동을 부당하다고 생각하는 그 생각이 부당하다."

고 주장하고 나선 것이다.

우리나라의 사정으로선 터무니없는 의견이었지만 그 토론을 통해서 꼭 같은 일이 시대와 장소에 따라 검게도 희게도 된다는 사실을 추상적으로가 아니라 구체적으로 실감하고 그 실

감을 밀도 짙은 논리로써 구성할 수 있는 계기가 되었다는 것은 다시없는 수확이었다.

조봉암 씨에 대한 재판 자체를 비판하자는 의견이 나왔다. 그 요지는 이랬다.

"1심에선 사형이고, 2심에선 무죄, 이렇게 되었다면 엇갈린 의견이 나왔을 경우엔 피고에게 유리한 의견을 채택해야 한다는 형사 소송법의 원칙에 쫓아 대법원은 마땅히 2심의 의견을 긍정해야 하는데 그 점만으로도 대법원의 판결은 실수라고 생각하는데요."

"그건 감정론에 지나친 것 같소."

하고 H위원이 반박했다.

"감정론이 뭐요, 원칙론이오."

B위원이 맞섰다.

"아무리 신문이기로서니 체제 속의 신문이니까 너무 과격한 비판은 삼가는 게 좋을 겁니다."

R위원이 발언했다.

"체제라니, 우리의 체제는 민주 체제 아뇨? 민주 체제 속에서 민주주의에 입각한 비판이면 좀 과격한들 그게 뭐 어떻단 말요?"

B위원이 흥분하기 시작했다.

"나는 재판 자체를 비판하는 듯한 사설은 용납되지 않는다고 생각합니다. 만일 재판을 비판하려면 재판 기록은 물론 그

재판의 진행 과정을 샅샅이 뒤진 연후에 결정적인 반증이 나왔을 때 할 일이라고 생각합니다."

R위원은 또박또박 말했다.

"그저 정치 재판이란 선입감만 가지고 재판이 틀렸다고만 생각하는 건 위험해요. 개인의 생각만으로 간직한다면 모르되 그것이 사설이 되어 대중 앞에 나가게 할 순 없죠."

H위원이 R위원의 의견을 지지하고 나섰다.

"그러니까 원칙론만 들먹이라는 것 아닙니까?"

하고 K위원은 B위원의 의견을 두둔했다.

이어 재판 기록의 스크랩을 뒤져가며 토론이 전개되었다. 토론의 대로를 이탈해서 말꼬리에 시비를 걸어 토론이 시궁창에 빠져들기도 했다.

"이거 안 되겠습니다. 이러다간 밤을 새워야겠어요. 토론은 이만하고 주필께서 결정을 내리셔야 하겠습니다."

H위원이 나를 돌아보고 말했다.

이때 전화벨이 울렸다.

"주필께 전합니다."

논설 회의 도중엔 전화를 받지 않게 돼 있는데 하면서도 나는 B위원으로부터 수화기를 받아 들었다.

"제, 호깁니더."

하는 소리가 모기 소리처럼 울려왔다.

호기란 내겐 오촌 조카 되는 아이다.

"호기냐? 무슨 일고?"

"할아부지가 위독해요."

호기가 할아버지라면 그건 내 아버지를 말한 것이었다.

"아버지가? 아버지가 어떻다고?"

"지금 위독합니다. 지금 진주로 나와 전화를 걸고 있는디요, 지금쯤 우찌되었는지 모르겠습니더."

"……."

"빨리 오이소. 큰일 났습니더."

"알았다."

하고 나는 전화를 끊었다.

아버지는 어머니와 함께 사흘 전에 고향의 집으로 가셨다. 시름시름 며칠을 앓고 계시다가 조금 기력이 돌아왔다 싶자

"기력이 있을 때 고향엘 갔다 와야지."

하며 부랴부랴 서둘러 떠난 것이다.

고향의 집이라야 시골에 있는 재산을 관리하며 내 사촌이 살고 있는 집이다.

"내 좀 고향엘 갔다 와야 하겠소."

내가 자리에서 일어서자 H위원이

"무슨 일이 있었습니까?"

하고 근심스럽게 물었다.

"부친이 병중에 계셔서."

나는 황급히 K위원을 돌아보고 말했다.

"내일 아침 사설은 K위원이 쓰시오. 조봉암은 죽어도 진보 사상은 살아 있다, 이런 골자로 쓰시오. 재판이나 기타 문제엔 일체 언급하지 말고 하나의 인간이 당한 비운에 중점을 두고 담담하게 쓰도록 하시오. 누구의 죽음인들, 그것이 설혹 대악 인의 죽음이라고 해도 죽음에만은 동정할 수가 있지 않겠소. 진보 사상이라고 해서 구체적으로 설명할 필요는 없소. 사람 과 사회는 부단히 진보해야 한다는 일반 관념쯤으로 취급하면 되지, 꼭 조봉암의 진보 사상을 들먹일 필요는 없을 거요."

모두들 말이 없었다. 나는 휘청거리는 다리를 가까스로 끌 고 계단을 내려왔다.

부산에서 고향의 집까진 약 200킬로, 비좁고 돌자갈이 거칠 어 신문사의 지프차로써도 세 시간은 걸릴 것이었다. 나는 신 문사의 사기社旗를 떼라고 이르고 전속력을 내보라고 운전사에 게 당부했다. 그때 차 속에서 내가 무슨 생각을 했는가는 기억 할 수가 없다. 다만 망막에 진홍색 칸나 꽃의 빛깔이 되살아났 고 아버지가 살아 계시도록 비는 마음이 줄줄이 무늬를 이루 고 있었던 것만은 기억할 수가 있다.

조봉암 씨의 죽음에 관한 상념이 없었을 까닭도 없다. 조봉 암 씨와 나 사이엔 가냘프나마 묘한 인연이 있었던 것이다. 그 러나 그 상념의 세부와 빛깔을 지금 기억해낼 수는 없다.

내가 조봉암 씨를 만난 것은 1953년 말이 아니면 1954년의 초두, 모질게 추운 겨울밤이었다. 당시 나는 고향의 대학에서 교수 노릇을 하고 있었는데 무슨 일로썬가 서울에 와 있었다. 어느 날 상아탑, 황석우黃錫禹 씨를 만났다. 그는 진주에서 피난살이를 할 때 내게 신세를 졌대서뿐만이 아니라, 나를 무척이나 좋아하는 노시인이었다. 밤에 별일이 없다고 하니까 황 선생은 알아둘 만한 인물을 소개한다면서 명륜동에 있는 조봉암 씨에게로 끌고 갔다. 사전에 그것을 알았더라면 나는 한사코 그 방문을 거절했을 것이다. 나는 조봉암 씨의 인격은 알 수 없었으나 그의 정치 태도에 대해선 비판적인 견해를 갖고 있었던 터였다.

수인사가 끝난 뒤 조봉암 씨는 영남에서 온 젊은 학자를 대접해야겠다면서 우리를 요정으로 안내했다. 옥호는 '은행나무집'이었다.

술에 취한 탓도 있어 그 석상에서 나는 조봉암 씨를 맹렬하게 공격했다. 황석우 씨가 당황해서 몇 번이고 나를 만류하려고 들었지만, '평화적 남북통일'은 이상일 수는 있어도 현 단계에 있어선 정당의 강령이 될 수 없는데 그런 강령을 걸고 민족의 센티멘털리즘을 이용하려고 하는 것은 결국 민족을 기만하는 노릇과 마찬가지라고까지 극언하고 꼭 그런 강령이 필요하다면 구체적이고 실현성 있는 방법의 제시가 선행해야 할 것이라고 비판했다. 조봉암 씨는 묵묵히 듣고만 있다가 꼭 한마디 했다.

"정치가는 정치 운동을 통해서만이 교육하고 계몽할 수 있는 거니까."

계몽이나 교육을 하려면 정당을 만들 것이 아니라 계몽 단체나 연구 단체를 만들어야 할 것이 아니냐는 나의 질문에 답한 말이다.

나의 공격은 그 술자리의 끝까지 계속되었다. 그러나 자리가 끝나고 헤어질 땐 나는 충심으로 사과를 드렸다.

그리고 1, 2년 지났다. 신문사로 자리를 옮기기 직전이었는데 성낙준이란 사람이 조봉암의 친서를 가지고 내 집을 찾았다. 대통령 선거전에 입후보할 작정이니 편지를 갖고 간 사람을 잘 지도해달라는 내용이었다. 나는 성 씨에게 기왕 있었던 얘기를 하고 조봉암 씨의 선거를 도울 수 있는 힘도 마음도 없다면서, 그러나 모처럼 찾아온 호의에 대한 체면치레로 돈 3만 원을 내놓았다. 그리고 이건 결코 정치 자금으로 드리는 것이 아니니 성 씨가 사방으로 돌아다니는 데 필요한 용돈으로 쓰라고 못을 박았다. 기왕에 초면인 석상에서 대뜸 조봉암 씨를 공격한 일만 없었더라도 내가 이렇게 할 까닭이 없다는 설명까지를 하고 그로써 조봉암 씨와의 인연은 청산된 것이란 기분마저 가졌던 것이다.

그랬는데 그 이듬해인 정월, 《서울신문》에 국회 의원 입후보자 예상 일람표에 내 이름이 실리고 이름 밑에 괄호 해서 '진보당'이라고 적혀 있는 것을 발견했다. 하도 터무니없는 일이라서 그냥 둬두었더니 한 달쯤 지났을까, 경찰의 사찰과에서 나를 찾아왔다. 진보당에 입당한 경위와 진보당에서 무슨 역할을 맡고 있는가를 설명하라는 것이었다. 나는 그런 일이 없음을 밝혔으나 그들은 믿지 않았다. 진땀을 뺄 노릇이었다. 그것도 한 군데 경찰서만이 아니라 나와 인연이 있는 지구의 경찰마다에서 문제로 했으니 참으로 딱한 일이다. 경찰은 내가 무슨 소리를 해도 내게 '진보당 비밀 당원'이란 낙인을 찍고만 것 같았다.

아버지가 위독하다는 소식을 듣고 고향으로 달려가고 있을 무렵의 나의 신상은 분명히 이렇게 되어 있었던 것이다.


내가 집에 도착했을 때는 아버지는 이미 운명하고 있었다. 하실 말이 없느냐고 어머니가 애원을 해도 공허하게 눈을 뜨고 누운 채 한마디의 말도 남기지 않았다고 했다. 한마디의 말도 남기지 않았다는 그 사실이 나의 가슴을 에이는 듯했다. 이 세상에서 나와 가장 가까운 사람이 없어졌다는 실감처럼 비통한 감정은 없다.

아버지의 장삿날엔 앞들이 하얗게 묻힐 만큼 조상객이 모여들었다. 아버지는 미리 이러한 광경을 예상하고 그 조상객들이 먼길로 오거나, 오지 못해 미안해하는 수고와 마음을 덜기 위해 서둘러 고향집으로 돌아오신 것이 아닐까, 하는 생각도 들었다.

장례를 치르고 돌아와보니 '조봉암은 가도 진보 사상은 살아 있다'는 사설이 문제로 되어 있었다. 그 사설은 내가 진보당원임을 입증하는 유력한 증거처럼 취급을 받았다. 나는 진보당원이 아니라고 외칠 수도 호소할 수도 없는 심정으로 그저 쓴웃음을 머금고 있을 따름이었다.

그런데 이 진보당원이란 낙인이 화근이 되어 끝내 나를 괴롭힐 줄은 1959년 그 무렵엔 상상하지도 못했다. 내 경우를 말하면 '조봉암은 가도 그 누累는 살아 있다'고 되는 것이지만 이미 고인이 된 그분을 원망할 생각은 조금도 없다.

그 뒤에 안 일이지만 내가 진보당원으로 지목되기 시작한 동기는 다음과 같다고 한다.

진주에서 성낙준이 내게서 돈을 받자 그것을 경상남도 진보당 책임자 임 모 씨에게 보고했다. 치밀한 성격인 임 모 씨는 그 사실을 자기의 비밀 수첩에 기록했다. 그 수첩이 당국의 손에 들어갔다. 정치 자금을 낼 만한 사람이면 비밀 당원임이 틀림없을 것이라고 당국은 단정했다. 진보당 당수를 공격하고 진보당의 강령을 통박한 사람이 진보당원 취급을 받았대서 서러울 건 없다. 그저 우스울 뿐이다.

임 모 씨는 후일 국회 의원이 된 사람이다. 그와 동석한 어느 자리에서 우연히 이런 얘기가 나와 우리는 배꼽을 틀어잡으면서 웃었다.

사소한 일이 얽혀 인연을 엮어선 때론 영광을 이뤄놓기도 하고 때론 좌절과 절망을 만들기도 하는데, 그런데도 그 과정에 전연 우리의 의지를 발동시키지도 못하고 참예하지도 못한다면 사람은 그저 허허하게 웃을 수밖에 없는 노릇이 아닌가 해서다.

7월 31일, 아버지의 휘일諱日이 돌아오면 나는 칸나 꽃이 담뿍 꽂힌 항아리를 생각한다. 그리고 항아리가 깨진 후, 콘크리트 바닥에 헝클어진 칸나가 능욕당한 요염한 여체 같더라는 인상을 상기한다. 그 처참감과 더불어 조봉암 씨에의 감회가 서리는 것인데 이래저래 1959년의 7월 31일의 기록만은 얼음장처럼 차가운 말로써 새겨져야 한다는 생각을 버릴 수가 없다. 북빙양의 심처에 동결된 차가움에 대한 향수가 겨우 찾았다는 말이 기껏,

'칸나·X·타나토스.'

로 되었다. 어디선가 홍소哄笑가 들린다.

《문학사상》, 1974, 10. / 《세우지 않은 비밀》, 서당, 1992.

중랑교

# 중랑교

서울의 동북에 중랑교란 이름의 다리가 있다. 망우리 공동 묘지에 묻히기 위해선 이 다리를 건너야 한다. 팔당댐 구경을 가기 위해서도 이 다리를 건너야 한다. 동구릉 근처에 있는 나의 친구 박희영 군의 무덤을 찾기 위해서도 역시 이 다리를 건너야 한다.

이렇듯 무거운 의미를 가지고 있기는 하나 형색에 별다른 특징이 있는 것은 아니다. 철근과 콘크리트로써 만들어진, 먼지 빛깔의 아무 곳 어디서나 흔하게 볼 수 있는 다리일 뿐이다.

10년 전만 해도 이 다리는 황량한 들 가운데를 흐르는 시내 위에 걸려 있는 좁은 폭의 한적한 다리였다. 위생병원에 입원해 있던 조 군을 문병하기 위해 그 무렵, 나는 이 다리를 건넌 적이 있다. 갈 땐 택시를 타고 지나고 돌아올 땐 걸어서 왔는데 한동안 이 다리 위에서 서성거렸다. 늦은 가을의 해 질 무렵이었다. 춘천 쪽으로부터 먼지를 일으키고 달려온 버스가 지나간 뒤에 완전히 인적이 끊긴 다리 위에서 나는 왕년에 명축구선수였던 조 군의 창백하게 초췌한 모습을 뇌리에 떠올리며 한숨을 지었다. 회복은 거의 불가능하다는 의사의 말이 귓전에 남아 있는 탓이기도 했다.

나의 회상 속에서도 실제로는 쓸쓸하기 짝이 없던 중랑교와 그 일대에 돌연 사람들이 붐비기 시작한 것은 어느 때부터인지 모른다. 5년 전 박희영 군과 같이 거길 갔을 땐 중랑교는 이미 시심市心의 다리로 변해 있었다.

거기 박희영 군이 단골로 다니는 목로술집이 있었다. 몇 장의 양철로써 지붕을 꾸미고 판자에 신문지를 발라 벽을 만들어 4, 5평의 넓이에 두세 개 드럼통을 놓은 것이 그 목로술집의 구조다. 우리는 그 드럼통 주위에 앉아 곱창을 구워가며 술을 마셨다.

내가 외국어대학에 일주 하루씩 강의를 맡게 되면서부터 수업이 끝나면 곧잘 박 군과 그곳에서 어울리곤 했었는데 박 군이 중랑교 근처를 좋아하는 까닭은 그 주변 일대가 전부 무번지無番地로서 소시가小市街를 이루고 있는, 그 기분이라고 했다. 무번지의 시가, 신파 영화의 제목이 될 만한 그곳은 그런대로 생활하는 사람들의 활기와 생활하는 사람들의 권태로써 가득 차 있었다.

팽창하는 도시가 번지라고 하는 정연한 구획을 넘쳐 무번지의 시가를 형성해나가는 과정에 생명이란 것이 스스로를 영위하기 위해서 미美와 추醜, 형식과 반형식은 아랑곳없이 몸부림치는 샘터를 역력하게 볼 수가 있다. 이런 감상을 바탕으로 나와 박 군은 그 목로술집에서 주에 한 번꼴로 황탁한 술을 마시게 되었던 것이다.

박 군이 그 목로술집의 단골이 된 것은, '은송림恩松林'의 작업을 끝내고 돌아오는 길에 인부들과 어울린 것이 처음이라고 했다. 은송림은 박 군의 부인이 잠들고 있는 무덤과 그 주변의 숲에 박 군이 붙인 이름이다. 박 군은 연전에 상처를 했다. 그때 그는 2,000평가량의 산을 사서 거기 무덤을 만들곤 주위에 나무를 심고 화초를 가꾸는 작업을 시작했다. 친구 몇몇과 박 군을 따라 그곳을 찾았을 땐 이른 여름이었는데 옮겨 심은 나무들이 뿌리를 정하고 싱싱한 신록으로 우거져 있었고 그 숲 사이사이에 진달래와 개나리가 만발해 있었다. 자연석을 깎아 세운 비碑엔 박 군 자필로 된 비문이 새겨져 있었고 그 바로 앞엔 반들반들한 반석이 놓였는데 그 반석 위에서 잔치를 벌였다. 아내를 위한 지아비의 사랑으로서도 너무나 정성스러운 마음의 가닥가닥이 울타리에 얽힌 나팔꽃의 빛깔에도 완연했다.

"이렇게 되면 생자生者와 사자死者의 구별이 없겠구먼."

그때 누군가가 한 말이다.

어떠한 나무이건 풀이건 돌이건 사랑의 정성으로 가꾸어진 것이면 모두가 아름답다. 새삼스러운 일이지만 우리들은 그 무덤을 보고 박희영의 인간을 재확인한 느낌이었다.

그때로부턴 5년 전, 지금으로부턴 10년 전, 박군은 후두암에 걸려 그의 표현을 빌면 천주님의 은총으로 기적적으로 완쾌했다. 박 군의 완쾌가 확실하다는 것을 알자 부인은 쓰러지듯 병석에 누웠다. 그리고 한 달도 채 못 되어 별세하고 말았다. 우리는 부인이 박 군을 대신해서 죽은 것이라고 풀이했다.

"자네의 완쾌가 천주님의 은총이라면 자네 부인의 죽음도 천주님의 은총이란 말인가."

언젠가 이렇게 말했더니 그는 온화한 표정을 꾸미면서 구약 성서의 '욥기'를 들먹였다. 그가 쓴 부인의 묘비명은 다음과 같다.

당신은 스무 살의 나이로 열아홉 살인 백면 선생 박희영과 결혼해선 20년 동안 어려운 살림을 꾸려 남편을 도우고 슬하에 3남 2녀를 기르는 데 정성을 바쳤다. 어느 하루인들 편할 날이 있었던가. 그 아쉬운 영혼 천주님 곁에 편히 쉬도록 지아비 박희영 기도하며 이 글을 새겼노라.

그러한 박희영이 부인이 죽은 지 5년 만에 후두암의 재발로 50을 못다 채운 채 불귀의 손이 되었다. 그리고 부인과 같이 지금 은송림에서 잠들어 있다.

박희영에 관해서 얘기를 하려면 한량이 없다. 세상을 살자면 많은 친구를 사귀어야 하지만 막상 친구다운 친구가 누구일까 하고 생각하면 진정한 친구의 부재에 놀란다. 그런 가운데서도 박희영은 내게 있어서 희귀한 친구였다. 친구라고 하기보다 교사라고 하는 것이 지당한 표현인지 모른다. 나는 그로부터 너무나 많은 것을 배웠다. 그와 같이 있은 곳은 언제나 교실이었다. 그러니 중랑교의 그 목로술집도 내게 있어선 다시없는 교실이라고 할 수가 있다.

"이風가 왜 그 이상으론 크지 않는지 이유를 너 아니?"

이런 설문을 해놓고 다음과 같이 풀이한 것도 그 중랑교 목로술집에서였다.

"동물은 그가 살고 있는 환경의 5만분지 1의 크기 이상으론 클 수가 없대. 제주도의 말이 작은 것도 이런 이치라나."

어떤 과붓집에 도둑이 들었다. 초저녁에 든 도둑이 새벽녘에사 집을 나가는데 도둑은 큰 담요에다 텔레비전이며 라디오며 시계 등 값이 나갈 성싶은 물건은 죄다 쌌다. 그것을 지켜보고 있던 과부의 말이 "모조리 싸갖고 가는 걸 보니 다신 오지 않을 모양이네요" 하더라는 이야기도 그 중랑교 목로술집에서 들었다.

뿐만 아니라 나는 그곳에서 '포크너'를 읽다가 어렵게 느낀 구절, '조이스'의 《피네간스 웨이크》(《피네간의 경야》)를 읽다가 이해 못 한 구절들을 그에게서 배웠다. 그런데 그가 가르치는 태도는 특이했다.

"원, 글을 왜 이렇게 어렵게 쓰는지 알 수가 없지. 이런 어려운 건 번역한 걸 읽든지 그저 넘겨버리든지 해도 손해 갈 것 없어. 헌데 이건 이렇게 되는 게 아닐까? 그럴 수밖에 없을 것 같애. 안 그래?"

하는 식으로 질문자의 체면을 끝내 세우려고 들었다.

그러다가 내가 나의 빈약한 어학력을 개탄하면,

"대인大人은 외국어를 몰라야 한다."

며

"자네 정도로 책을 읽을 수 있으면 더 바랄 것이 있나."

하고 위로했다.

"그럼 자넨 왜 그렇게 잘하노?"

하고 반문하면 그는

"나는 소인 아닌가. 겨우 외국어를 갖고 밥을 빌어먹는걸."

하며 껄껄 웃었다.

박희영은 비상한 어학력을 가지고 있었다. 그가 전공한 프랑스어는 물론 영어에도 출중한 능력을 가지고 있었다. 그가 만년에 번역한 밀턴의 《실낙원》은 내가 아는 한 거의 완벽한 번역이었는데 '미슐레'의 번역도 이에 못지않았다.

박희영은 일제 시대 학병으로 일본 나고야 사단에 있었다. 당시 추락한 비행기에서 미군 포로를 잡았는데 그 심문의 통역을 박희영이 맡았다. 일등병의 신분으로선 장교 포로를 심문할 수 없다고 해서 포로 심문을 할 땐 그는 육군 대좌(우리의 대령)의 정복으로 갈아입는 토막극이 있었다고 한다.

그 경력 탓으로 박희영은 뒷날 동경에서 있은 극동 전범 재판정에 증인으로 출두한 일이 있다. 그는 그 재판정에서 장장 세 시간 동안 영어로써 진술했다. 그때의 그의 진술 내용이 이론 정연했을 뿐 아니라 영국인이 혀를 내두를 만큼 한 개의 악센트에도 흠이 없을 정도의 훌륭한 영어였다는 것을 나는 어느 미국인 기자가 쓴 기사에서 읽은 적이 있다.

그처럼 그는 하나의 단어도 소홀히 하지 않는 교수 태도를 지니고 있었다. 나는 한때 대학에서 영어와 프랑스어를 가르친 적이 있는데 나 같은 엉터리 교사로부터 배운 학생들에게 미안함을 느끼는 반면, 박희영 같은 훌륭한 교사의 지도를 받은 학생들은 얼마나 행복할까 하는 생각을 언제나 한다. 아니나 다를까, 박희영으로부터 가르침을 받은 학생들은 예외 없이 그를 하늘처럼 받들고 있는 사실을 알았다.

박희영이 출강하는 강좌는 언제나 만원이고, 박희영은 20년 내내 강의 시간을 초과하는 강의를 했지, 교사의 타성으로 되어 있는 시간의 절약 같은 짓은 없었다고 한다. 그러한 교수였기 때문에 학생처장이란 요직을 맡기도 했던 것인데 다음은 그가 학생처장을 하고 있을 때의 이야기다.

한일 조약의 반대로 학생들의 데모가 한창일 무렵이다. 외국어대학에선 데모가 없었다.

그러한 어느 날 나는 그를 만났다.

"너희 학교는 데모를 안 하는 모양이지?"

"자꾸 한다는 걸 내가 안 말렸나."

"네가 말린다고 되나?"

"학생들에게도 정이 있거든."

"무슨 명분을 내세워 말렸노."

"신라 박혁거세 이래 처음으로 우리 박씨가 정권을 잡았는데 그분 소신대로 하게끔, 내 체면을 봐서 데모를 안 했으면 좋겠다고 호소를 했지."

"그래 그 말이 먹혀 들어갔단 말인가?"

"어설픈 이론을 내세우는 것보다 그게 훨씬 효과적이더라."

우리 둘은 배꼽을 잡고 웃었다.

박희영의 재혼 문제가 나돌 무렵의 이야기다.

"내 건강도 나쁘고 하니 여의사가 어떨까 해서 지금 늙은 처녀 의사와 데이트 중인데 아마 그렇게 낙착될 것 같다."
는 소리를 그의 입을 통해 들은 지가 일주일 남짓했는데 하루는 느닷없이 내 집을 찾아와선 딴 여자와 재혼하기로 했다는 것이다.

"그 여자가 여의사보다 훨씬 낫더나?"

"모든 사람이 다 못났다고 해도 한 가지만이라도 내 눈에 드는 사람이면 될 것 아니가."

그의 입속에 머금은 듯한 웃음이 내 귀에 거슬렸다.

"그러니까 되게 못났더란 얘기구나."

나의 이 말엔 대답하지 않고 그는 어제 선을 보았노라고 했다.

"선을 보며 뭐라고 했노?"

"왜 서른이 넘도록 결혼하지 않았느냐고 물어봤지."

"그랬더니?"

"하두 못나놓으니 누가 데리고 갈라 합니까, 하는 대답이드면."

"그래 넌 뭐라고 했나?"

"오늘 교수실에서도 그걸 묻기에, 자기 자신을 안다는 건 이만저만한 슬기가 아닙니다, 하고 말했다고 했더니 모두들 손벽을 치고 웃어대더라."

"교수실에선 그렇게 말했는데 사실은 뭐라고 했노."

"여자나 남자나 눈이 높으면 혼기를 잃게 되는 거라고 했지."

아직 살아 계시는 그분에겐 실례가 되겠지만 박희영의 후처로 들어온 그분은 도저히 미인이랄 수는 없는 여인이었으나 어떤 미인보다도 박희영을 잘 보살필 여성으로 알고 그의 결혼식 날 우리는 성대한 축하연을 했다.

박희영이 가끔 신문이나 잡지에 짤막한 글을 썼다. 특히 《동아일보》에 게재된 서사여화나 《국제신보》에 연재된 투암기鬪癌記는 명품이라고 할 수 있을 만큼 독자들 사이에 평판이 높았는데 빈번히 튀어나오는 천주님이 옥에 티랄 수가 있었다. 그래 나는 '자네의 문장은 참으로 명품인데 그 천주님이 나타나는 게 옥에 티라'고 빈정대곤 했다. 이건 박희영이 나를 보기만 하면 입버릇처럼 '자네는 모든 것이 다 좋은데 천주님을 몰라보는 것이 탈이라'고 하는 데 대한 응수이기도 했다.

그의 천주교에 대한 독신篤信은 우리의 이해를 넘어 있었다. 글을 계속 써보라고 권하면 '천주님의 은총을 밝히는 글 이외엔 쓸 흥미를 느끼지 않는다는 것'이며 천주님을 믿는 것만이 살 보람이란 말을 자주 했다. 그가 천주교에 입신入信한 동기가 어디에 있었는지는 알 길이 없지만 6·25 직전에 그의 친형이 사상 관계로 참살된 사실이 그 언저리에 있지 않나 하고 짐작할 수는 있다.

"어지런 병이 지랄병 된다더니 박희영은 어느새 완전한 천주학이 되었구나."

박희영을 아는 친구들이 모여 앉기만 하면 으레 나오는 소리였는데 나는 박희영과 같은 인재의 마음을 사로잡을 수 있다는 뜻으로서 천주의 존재를 실감할 때가 있다. 그의 신앙은 자기의 발병과 부인의 죽음으로 해서 광적인 도를 높여갔다. 그는 친구의 집이나 이웃에 죽은 사람이 있기만 하면 나타났다. 그리고 성의를 다해 사자의 염을 도왔다.

"내가 염을 한 사람만 해도 아마 100명은 훨씬 넘는다. 이젠 염하는 기술자가 됐어."

박희영이 자기에 관한 일로써 뽐내 보인 것은 아마 이 경우를 두곤 없다. 그럴 때면 나는 으레 이런 답을 한다.

"그럼 나는 안심하고 죽을 수가 있다. 박희영이 와서 염을 해줄 거니까 말야."

지금 생각하면 박희영은 죽음에 강박당하고 있었던 것 같다. 그래서 죽음을 넘어서려고 했다. 죽음을 미리 졸업하려고 했다. 죽음에 익숙하려고 했다. 그러한 충동이 보통 사람들이 꺼려하는 '염하는 노릇'에 기를 쓰고 참여하려던 이유가 아니었을까 했다.

박희영의 장남은 노르웨이계 미국 여성과 결혼했다. 그가 죽은 뒤 전처의 소생들을 데리고 그의 장남은 미국으로 건너가버렸다. 남아 있는 것은 그의 후취 부인과 거기서 난 젖먹이 아들 하나뿐이다.

며칠 전 나는 박희영의 옛집을 찾았다. 부인을 만나 그가 남긴 문장들을 정리해서 한 권의 책으로 엮어볼까 해서다. 그랬는데 부인은 없었다. 이웃사람들에게 물었으나 아무도 그 행방을 아는 사람은 없었다.

나는 문득 박희영이 생전에 아끼고 가꾸던 은송림을 생각했다. 후취 부인이 전처의 무덤과 나란히 하고 있는 남편의 무덤을 어느 정도로 돌봐주고 있을까 하는 생각도 들었다.

그길로 나는 중랑교 근처를 서성거렸다. 무번지의 거리는 어느덧 구획 정리가 되어 번지 있는 시가로 변했다. 5년 전 그처럼 빈번히 드나들었던 목로술집의 옛 자리는 짐작할 수도 없었다. 그곳은 강둑이어서 사철나무가 열을 지어 무성하고 있었다.

나는 눈에 뜨인 술집으로 들어가 아직 해가 높아 있는데도 술을 청했다.

술잔을 들고 있으니 박희영의 모습이 갖가지로 떠올랐다. 취하기만 하면 곧잘 부르던 그의 노래 '전우의 시체를 넘고 넘어'가 귓전을 울려왔다.

그러자 문득 어느 여름 그 목로술집에서 한 어떤 이야기가 기억 속에서 되살아났다.

박희영이 그때 한 이야기는 다음과 같은 것이다.


김이라고 하는 꽤 상재商才가 있는 사람이 있었다. 무일푼으로 중랑교에 표착했는데 구청과 교섭해서 중랑천 수면을 겨울 동안 사용하는 허가를 얻었다. 겨울이면 중랑천은 단단하게 얼어붙어 다시없는 천연 스케이트장이 된다.

인근의 사람들뿐만이 아니라 시심에 사는 사람들까지 스케이트를 좋아하는 사람들이 어른 아이 할 것 없이 모여든다. 김은 그들로부터 입장료를 받았다. 그렇게 한 수삼 년 하는 동안에 김은 부자라는 소리를 들을 만큼 돈을 벌었다. 이웃에 사는 우라는 사람은 김이 부러워 견딜 수가 없었다. 그래서 초여름부터 공작을 벌였다. 구청 직원을 구워삶는 일을 시작한 것이다. 김이 가진 기득권을 빼앗자니 정신적인 노력은 물론이거니와 꽤 많은 비용도 들었다. 가난한 사람이 그런 비용을 쓰자니 자연 빚을 지지 않을 수 없다. 그러나 다행하게도 우가 중랑천의 사용 허가를 얻었다. 빚더미 위에 앉아 시작한 일이지만 겨울만 되면 일확천금할 기회가 올 것이니 걱정하지 않아도 좋았다. 부푼 기대는 목전의 고통을 잊게 하는 법이다.

그런데 작년은 기후가 이상했다. 예년 같으면 11월 말쯤에 엷은 얼음이 얼고, 12월 중순께쯤 되면 얼음이 굳어져 완전한 스케이트장이 되었던 것인데 작년엔 12월 중순이 지나도 엷은 얼음조차 얼려고 들지 않았다. 게다가 크리스마스엔 눈도 내리지 않았다. 그런 상태로 12월을 넘겨버렸다.

달포 가까이나 하늘을 보고 강을 보며 한숨을 짓다가 우는 드디어 당황하기 시작했다. 빚쟁이의 독촉이 슬슬 세위를 더해가기 시작했다. 그런데 1월 초순에도 얼음은 얼지 않았다. 어쩌다 추운 밤을 지새우고 하마나 하고 나가보면 엷은 얼음이 강기슭의 가장자리에 어린 듯했다가 태양이 솟아오르기만 하면 거짓말처럼 녹아 없어져버린다.

2월에 들어 추위도 들고 눈도 내리고 했으나 기어이 스케이트장이 될 만한 정도의 얼음은 얼지 않고 말았다. 2월이 가고 3월에 들었을 때 우는 병상에 눕는 몸이 되었다. 하천 사용권을 얻기까지의 고심, 빚을 얻어 대기 위한 초려焦慮, 그 후에 거듭된 환멸과 실망. 빚쟁이의 성화같은 독촉이 해동解冬의 전 조前兆와 더불어 일시에 우를 때려눕혀 병상에 묶어버린 것이 다. 그러나 3월에도 추위는 있을 수 있다는 가냘픈 희망으로 지탱해왔는데 3월 말이 되자 우는 완전히 절망하고 그와 동시 에 숨을 거두고 말았다.

임종에 있어서의 그의 마지막 말은 이랬다.

"얼음 안 얼었나, 나가봐라!"


박희영은 이 얘기를 끝내면서

"슬픈 얘기로서 듣기엔 너무나 유머러스하고 유머러스한 얘기로서 듣기엔 지나치게 슬프지 않은가."

하며 대포 사발을 들이켰다.

"막걸리 안주로선 좀 짜다."

고 대꾸한 나는 그때 모파상이 쓴 〈끄나풀〉(《끈》)이란 단편소 설을 상기했던 것이다.

끄나풀을 주운 것을 돈지갑을 주운 것으로 오인을 받은 노 인이 그 오해를 풀려다가 도리어 의혹을 사고 드디어는 조소 를 사기까지 해서 그것이 화인이 되어 죽어버린다는 얘기다.

아무튼 그 얘기를 듣고부턴 중랑천이 전과 다른 빛깔로 내 눈에 띄게 되었다. 중랑천에도 인생이 있고 중랑교에도 인생 이 있다는 새삼스러운 실감이 더욱 나를 그곳에 애착케 했던 것인데 이제 박희영도 없고 보니 신록의 계절에 비추悲秋를 느끼는 기분이다.

중랑교! 박희영에게 돌아오지 않는 다리가 된 그 중랑교가 내겐 언제 돌아오지 않을 다리로 될 것인지. 내 가슴속에 중랑교는 그 형색대로 그 무게대로 이 순간에도 걸려 있는 것이다.

《소설문예》, 1975. 7. / 《세우지 않은 비명》, 서당, 1992.

# 풍류 서린 산수

# 풍류 서린 산수

진주晉州는 나의 요람이다. 봉래동蓬萊洞의 골목길을 오가며 잔뼈가 자랐다.

진주는 나의 청춘이다. 비봉산飛鳳山 산마루에 앉아 흰 구름에 꿈을 실어 보냈다. 남강南江을 끼고 서장대西將臺에 오르면서 인생엔 슬픔도 있거니와 기쁨도 있다는 사연을 익혔다.

진주는 또한 나의 대학이다. 나는 이곳에서 학문과 예술에 대한 사랑을 가꾸었고, 지리산을 휩쓴 파란을 겪는 가운데 역사와 정치와 인간이 엮어내는 운명에 대해 내 나름대로의 지혜를 익혔다.

나는 31세까지는 진주를 드나드는 과정을 되풀이하면서 살았다. 거북이의 걸음을 닮은 기차를 타고 일본으로 향했고, 그 기차를 타고 돌아왔다. 중국으로 떠난 것도 진주역에서였고, 사지死地에서 돌아와 도착한 것도 진주역이었다. 전후 6년 동안의 외지 생활에선 진주는 항상 나의 향수였다. 그런데 진주로부터 생활의 근거를 완전히 옮겨버린 지 벌써 25년여를 헤아린다.

지금에 있어서 진주는 나의 회한이다. 남강 공사가 끝나 진 양호晉陽湖가 생겼다는 말을 듣고, 남해 고속 도로가 완공되었다고 들어도 번거로운 세사世事에 휘몰려 나는 아직 고향에 돌아가보지 못했다.

진주는 작으나 크나 도시란 것이 어떻게 형성되는 것인가의 원형을 가르쳐주는 고장이다. 비봉, 망진望晉, 금산錦山 등의 제산諸山에 아늑히 둘러싸인 분지 사이로 남강이 유연한 곡선을 그리며 흐른다. 하동河東 쪽에서 들어오는 길이 있고, 함양 · 거창 · 산청 · 합천 쪽에서 들어오는 길이 있고, 창녕 · 의령 쪽에서 들어오는 길이 있고, 함안 · 고성 · 사천 쪽에서 들어오는 길이 있다. 지리산 주변의 소읍과 마을은 진주를 중심으로 경제와 문화 생활을 엮어내고 있는 것이다.

그만큼 이 도시는 민족의 애환을 직접적으로 감동하고 혼란해야 할 운명을 지니고 있었다. 임진왜란 때 경남의 서부에까지 깊숙이 일군이 침입해 온 것은 당시 진주가 지닌 중요성 때문이었을 것이라고 쉽게 납득할 수가 있다. 삼장사三壯士의 통절한 전사, 의기義妓 논개의 충절은 남강과 더불어 진주의 정서에 아련한 빛을 더한다.

나는 6 · 25의 그 처참한 광경을 잊을 수가 없다. 다행히 불굴한 향토의 의지가 새로운 진주의 면모를 이루어놓기는 했지만 나의 청춘, 나의 향수로서의 진주는 영영 사라지고 말았다. 지금도 눈을 감으면 그 나지막한 지붕들의 중락衆落이 뇌리에 선하다. 좁다란 골목에 웃음소리가 붐비고 서로를 어깨를 비벼대며 모두들 다정스러웠던 진주, 방학 때 유학생들이 돌아왔다고 하면 요정들이 한층 활기를 띠고 기생들의 얼굴이 한결 아름다워지던 무렵의 진주! 그 진주는 영원히 그리고 말쑥히 사라져버렸다.

그러나 나는 공연히 회고 취미를 말하고 있는 것은 아니다. 도시가 새롭게, 진주가 젊게 면모를 바꾼 것은 좋지만, 그 옛날의 훈훈한 향기만은 잃지 않았으면 하는 소원을 말하고 싶었을 뿐이다.

드라이하고 심지어는 각박하게 되어가는 풍조를 이겨내어 진주에서만은 인정과 자연의 정서가 아름다운 생활의 무늬를 엮었으면 하는 애달픈 심정의 표현일 뿐이다.

진주가 겪은 영고와 성쇠, 그 변화와 굴절엔 아랑곳없이 비봉산 마루터기엔 임진왜란도 굽어보았을 것이란 정자나무가 아직도 건재하다.

나는 진주에서 친구가 오기만 하면 그 정자나무의 안부를 묻는다. 그리고 건재하다고 들으면 공연히 기분이 좋아진다. 내게 있어선 그 정자나무가 진주의 상징이다.

《1979년》, 세운문화사, 1978.

# 지리산학 智異山學

# 웅장함과 슬픔 지닌 삼신산三神山

〈지이산智異山이라 쓰고 지리산이라고 읽는다〉는 부제를 달고 《지리산》이란 소설을 썼다. 지리산에 있어서의 자연과 인생을 쓸 작정이었지만, 이 작품 속의 인생은 파르티잔이라고 하는 인생 가운데서도 이례異例에 속하는 기이한 인생의 일부에 불과하고 자연이라고 했자 그 만분의 1에도 접근하지 못했다. 내가 《지리산》을 쓰기 위해 수집한 지식으로 쳐도 그 천분의 1이 활용되었을까 말까 한 정도이다.

다음에 공개되는 것은 어느 특지가의 도움으로 수집한 것이다. 산행에 따른 일체의 감상을 제외하고 지리산에 관한 사실만을 적어, 이른바 지리산학이 성립될 수 있는 것인지를 시험해보고 싶다. 아울러 지리산을 사랑하는 사람들에게 다소나마 기여하는 바가 있지 않을까도 한다.

차례는 다음과 같다.

지리산 총론

## 총론

　지리산은 자연으로선 웅장 숭엄한 아름다움을 가지고, 역사에 있어선 한량없는 슬픔을 지닌 산이다.

　내륙에서 해안까지 뻗은 험준한 수많은 능선 가운덴 해발 1,000미터가 넘는 봉우리만으로도 30여 개를 헤아린다. 수십 리나 되는 무인의 계곡이 그 수만큼이나 있다.

　광대한 지역을 차지하고 있는 이 산은 태고의 원시림과 몇 개의 고원을 이루었는데 산죽山竹과 산과山果들의 덩굴이 얽혀 맹수들의 서식처일 수가 있고 산새들의 낙원이 되어 있다.

　옥처럼 흐르는 계류는 수많은 폭포와 소沼를 엮고 갖가지 산화山花가 철따라 화려한 그림을 펼친다. 산채, 약초가 그윽한 향기를 풍기고 고사목枯死木과 괴암들이 대자연의 신비를 아로새겼다.

　골짜기의 찬바람과 산마루의 흰 구름이 상화相和하는 가운데 첩첩 영봉들은 구름 위에 의연하여 산행자의 심금을 무아선경無我仙境으로 이끌고, 약한 자들의 의지를 당혹하게도 한다.

　신라 시대엔 이곳에 2,000여의 사찰과 암자가 있었다고 전한다. 바로 불도의 화원이었던 것이다. 일찍이 중국 사람들은 영주산, 봉래산과 더불어 이 산을 동방의 삼신산이라고 불러 장생불사케 하는 불로초가 있는 곳으로 믿었다.

　고운 최치원孤雲 崔致遠을 비롯하여 수많은 문인 묵객이 이 산을 즐기고 도심道心과 시상詩想을 가꾸었다고 전한다.

## 산의 명칭

○두류산頭流山 = 백두산맥이 순하게 흘러내려 천왕봉을 이루었다는 뜻에서 비롯된 이름이다.

○방장산方丈山 = 불도의 마음으로 불려진 두류산의 별명이다.

○지리산智異山 = 일찍이 이성계가 왕위를 찬탈할 야심을 품고 기도를 올렸더니 백두산, 금강산은 승락을 하였는데 지리산의 산신만은 이에 응하지 않았다고 하여 '지혜와 다르다'는 뜻으로 이렇게 불렀다고 한다.

○삼신산三神山 = 일찍이 중국인이 영주산 봉래산과 더불어 이 산을 동방의 삼신산이라고 불렀다. 그 유래는 알 수가 없다. 부정한 사람이 오르면 정상은 구름에 덮이고 바람이 불고 비가 내린다. 목욕재계하고 올라야 할 산으로 되어 있다. 그런데 이상한 것은 내가 오를 때마다 천왕봉은 맑았다. 지난 85년 10월 〈지리산의 사계〉를 촬영하기 위한 MBC의 취재팀과 같이 천왕봉을 올랐는데 그때도 날씨는 쾌청이었다. 내가 가기 전 MBC 팀은 네 번이나 천왕봉에 올랐는데도 그때마다 비바람이 심해 제대로 촬영을 못했다면서 그날의 쾌청을 내 덕분이라고 해서 으쓱했다.

## 삼신산과 전설

진시황이 6국을 통일하고 그 권세가 절정에 이르렀을 때 장생불사할 방도를 찾게 되었다. 이때 제인齊人, 서불徐市이라고 하는 자가 해중海中에 삼신산이 있는데 그 이름이 영주, 봉래, 방장산이라고 하고 그곳에 가면 불로초를 구할 수 있을 것이라고 아뢰었다. 진시황은 동남녀童男女 수천 명을 데리고 가서 불로초를 구해 오라고 했다. 그러나 서불은 끝내 방장산, 즉 지리산을 찾지 못하고 일본까지 가서 그곳에서 죽었다. 수행한 동남녀는 그에게 신무제神武帝라는 존호를 올려 장사 지냈다.

## 지리산신

태고에 옥황상제가 마야 부인으로 하여금 지리산을 수호하라고 일렀다. 마야 부인은 곧 지리산의 주신主神이다. 신라의 어느 왕 때인가 꿈에 마야 부인이 나타나 지리산 천왕봉에 사당을 지어 경주의 옥석으로 자기의 상을 조각하여 그 사당에 모시라고 했다. 그리고 철마 2기와 역시 철로 만든 사자 상 두 마리를 진열하여 지리산 일대의 잡신들을 통솔하게 했다.

마야 부인 상을 만들고 난 즉시, 자궁병으로 아이를 낳지 못했던 왕후가 곧 아기를 낳았다고 하여, 그 후 마야 부인은 아기를 갖고자 하는 여인들의 숭앙 대상이 되었다.

30년 전의 일이다. 경남 산청군 삼장면에 사는 최기조崔基祚란 사람이 내원사內院寺 를 중수하고 마야 부인 상을 법당에 모시고자 운반하는 도중 석상의 허리를 다쳤다. 인근 주민들의 원성이 높아지자 최 씨는 다친 부분을 시멘트로 보수하고 다시 제자리에 갖다 놓았다. 얼마 후 최씨는 횡사했다.

현재 사당은 없어졌으나 마야 부인의 석상은 천왕봉 부근에 안치되어 있다.


## 위치

한반도의 남쪽 소백산맥의 종단에 위치하고 있으며 경남의 서부, 전북의 동부, 전남의 북동부를 점한다.

지리산 전역 = 동경 127°22′~128°. 북위 35°5′~35°30′

공원 지역 = 동경 127°28′~127°50′. 북위 35°13′~35°27′

경남 지역 = 동경 127°36′~127°50′. 북위 35°13′~35°25′


## 면적

지리산 전역의 면적 1,500제곱킬로미터.

○ 공원 면적

경남 하동군 84.28제곱킬로미터

경남 산청군 94.74제곱킬로미터

경남 함양군 64.84제곱킬로미터

전북 남원시 107.78제곱킬로미터

전남 구례군 87.28제곱킬로미터

○ 공원 구역 토지 소유별(경남)

국유림 196제곱킬로미터

사有유림 13제곱킬로미터

사私유림 35제곱킬로미터


## 공원 지역 행정 구역

3개 도, 5개 군, 15개 면.

○ 경상남도

하동군 화개면 = 대성리, 범왕리, 운수리, 용강리 등 4개 리.

청암면 = 묵계리 1개 리.

산청군 금서면 = 오봉리, 수철리 등 2개 리.

삼장면 = 대포리, 유평리, 내원리, 석남리, 평촌리 등 5개 리.

시천면 = 중산리, 내대리, 동당리, 신천리, 원리 등

114

5개 리.

함양군 마천면 = 추성리, 강청리, 덕전리, 삼정리, 군자리
등 5개 리.

휴천면 = 송전리, 운서리 등 2개 리.

○ 전라북도

남원시 주천면 = 덕치리, 호경리, 고기리 등 3개 리.

산내면 = 입석리, 덕동리, 내령리, 부운리 등 4개 리.

인월면 = 인월리, 중군리 등 2개 리.

운봉읍 = 주촌리, 공안리, 산덕리, 용산리, 화수리
등 5개 리.

○ 전라남도

구례군 토지면 = 문수리, 내서리, 구산리, 파도리, 내동리
등 5개 리.

광의면 = 방광리 1개 리.

산동면 = 관산리, 좌사리, 위안리, 수기리 등 4개 리.

마산면 = 마산리, 황전리 등 2개 리.

(지리산 전역은 6개 군 20수 개 면)

# 능선

○ 동

구곡능선 = 세리봉 – 국사봉 – 구곡산.

조개능선 = 세리봉 – 조개산 – 대암산.

성불능선 = 하산봉 – 독바위봉 – 성불산 – 깃대봉 – 도토리봉.

달뜨기능선 = 기산 – 웅석봉 – 임골용 – 감투봉 – 후산.


○ 서

서일능선 = 노고단 – 차일봉(종석대) – 서일봉.

간미불능선 = 차일봉 – 지초봉.

덕두능선 = 차일봉 – 만복대 – 세계산 – 덕두봉.

　　　　　　　만복대에서 소백산맥.


○ 남

삼신능선 = 영신봉 – 삼신봉 – 오봉산 – 주산 – 삼신봉 –
시루봉 또는 형제봉.

팔백능선 = 토끼봉 – 팔백고지.

불부장등능선 = 반야봉 – 삼동봉 – 황장산.

왕시루능선 = 노고단 – 왕시루봉.

형제능선 = 노고단 – 형제봉.

○북

상투능선 = 독바위봉 – 상투봉.

백무능선 = 제석봉 – 창암산.

삼정능선 = 삼각고지 – 삼정산.

(지리산맥 해발 1,350미터 이상을 동서로 약 50킬로미터, 북쪽은 가파른 급경사를 이루고, 동남서는 수많은 능선과 깊은 계곡을 이룬다.)

## 하천

남강 = 임천강 경호강
　　　덕천강 　　　 〉 진양호 – 남강 – 낙동강

섬진강 = 횡천강(청암, 횡천), 화개천(화개), 연곡천(토지면, 피아골), 마곡천(화엄사곡), 서시천(광의면, 산동면).

임천강은 남강 상류의 명칭이다. 지리산 일대의 하천 가운데 제일가는 협곡을 이루며, 이 유역을 '동구마천'이라 부른다. 경남 제일의 산골이라고 일컫는다. 지그재그형의 협소한 계곡을 흐르는 계류는 맑고 차갑다.

경호강은 남강의 상류인 임천강이 산청에 이르면 맑고 부드러운 물결로 변한다. 왕산과 웅석봉의 기슭을 굽이도는 경호강은 거울 같은 물결과 백설 같은 흰 모래로써 아름답기만 하다.

덕천강은 시천면 삼장면의 두 골 물이 합하여 이 덕문 좁은 계곡으로 빠져 진양호로 들어가는 이 강물이 화살처럼 빠르다고 하여 시천矢川이라고도 한다.

지리산의 주봉인 천왕봉, 중봉, 하봉, 써리봉, 제석봉, 삼신봉, 촛대봉을 발원으로 하는 덕천강을 두고 조식曺植 선생이 지은 시가 있다.

화개천은 지리산맥을 북으로 병풍처럼 둘러 남쪽으로 향해 섬진강으로 들어가는 이 강은 10리에 걸쳐 벚꽃으로 장식된 청류이다. 덕천강 임천강과 더불어 맑은 강으로 이름이 높다. 이 강을 중심으로 많은 약수정이 있고 쌍계사가 있다.

하동포구 팔십 리에 물결이 고와

하동포구 팔십 리에 인정이 곱소.

쌍계사 종소리를 들어보면 알게요.

개나리도 정답게 피어줍니다.

하동의 노래는 쌍계사의 정서로서 정답다.

다음은 지리산 정상, 해발 1,500미터 이상의 봉우리 18개를 소개하겠다.

# 높은 봉우리와 재

## 1,500미터 이상 산정山頂

△천왕봉天王峯 = 해발 1,915미터. 산청군 시천면과 함양군
마천면의 경계에 있는 봉우리. 지리산의 최고봉.

△중봉中峯 = 해발 1,885미터. 산청군 시천면 삼장면과 함
양군 마천면의 어우름에 있는 봉이다. 지리산 제2봉. 형제
봉이라고도 부른다.

△제석봉帝釋峯 = 해발 1,806미터. 산청군 시천면과 함양군
마천면의 경계. 천왕봉에서 서쪽으로 3킬로미터의 상거
에 있다.

△하봉下峯 = 해발 1,780미터. 산청군 삼장면, 함양군 마천
면의 경계.

△반야봉般若峯 = 해발 1,728미터. 전북 남원시 산내면, 전남 구례군 산동면의 경계. 지리산 전라 지구에서의 최고봉.

△삼신봉三神峯 = 해발 1,720미터. 산청군 시천면, 함양군 마천면의 경계에 있다. 천왕봉에서 서쪽으로 4킬로미터의 상거.

△촛대봉 = 해발 1,682미터. 산청군 시천면, 함양군 마천면 경계, 세석고원細石高原에서의 최고봉.

△연하봉 = 해발 1,667미터. 산청군 시천면, 함양군 마천면 경계. 촛대봉에서 동으로 1킬로미터의 상거.

△써리봉 = 해발 1,640미터. 산청군 시천면과 삼장면의 경계. 지리금강智異金剛이라고도 한다. 경관이 절승이다.

△영신대靈神臺 = 해발 1,625미터. 함양군, 산청군, 하동군 등 3군의 경계에 있다. 세석고원의 서북봉西北峯이다.

△두리봉 = 도리봉이라고도 한다. 해발 1,616미터. 함양군 마천면 추성리. 하봉으로 북쪽으로 1킬로미터의 상거.

△삼각고지三角高地 = 해발 1,586미터. 남원시 산내면, 함양군 마천면, 하동군 화개면의 경계.

△칠성봉七星峯 = 해발 1,556미터. 함양군 마천면, 하동군 화개면 경계.

△시리봉 = 해발 1,546미터. 산청군 시천면 내대리. 세석고원의 동쪽 고원.

△토끼봉 = 해발 1,522미터. 하동군 화개면, 남원시 산내

면 경계.

△삼도봉 = 해발 1,512미터. 전북, 전남, 경남의 삼도 경
계봉.

△덕평봉 = 해발 1,510미터. 하동군 화개면, 함양군 마천
면 경계.

△노고단老姑壇 = 해발 1,507미터. 전남 구례군 토지면, 마
산면, 산동면의 경계. 지리산 서부의 최고봉.

이상 18개 봉.


## 1,000미터 이상 산정山頂

△조개봉 = 해발 1,470미터. 산청군 삼장면 유평리 조개골.

△형기봉 = 해발 1,463미터. 하동군 화개면, 남원시 산내
면 경계.

△촛대봉 = 해발 1,446미터. 함양군 마천면 추성리 칠선
계곡.

△꽃대봉 = 해발 1,442미터. 함양군 마천면, 하동군 화개
면 경계.

△불무장등不無長嶝 = 해발 1,425미터. 구례군 토지면, 하동
군 화개면 경계.

△만복대萬福臺 = 해발 1,424미터. 남원시 산내면, 구례군

산동면 경계.

△내판봉 = 해발 1,423미터. 구례군 토지면, 산동면 경계.

△차일봉 = 해발 1,357미터. 구례군 마산면, 광의면, 산동면 경계.

△문창대文昌臺 = 해발 1,355미터. 산청군 시천면 중산리 법계사 앞.

△삼신봉三神峯 = 해발 1,355미터. 하동군 화개면, 청암면의 경계.

△세걸산世傑山 = 해발 1,344미터. 남원시 산내면, 운봉읍 경계.

△독바위봉 = 해발 1,328미터. 함양군 마천면, 산청군 금서면, 삼장면 경계.

△고리봉 = 해발 1,304미터. 남원시 주천면, 산동면 경계.

△삼정산 = 해발 1,245미터. 남원시 산동면, 함양군 마천면 경계.

△왕시루산 = 해발 1,214미터. 구례군 토지면 남산, 문수리 경계.

△바래봉 = 해발 1,165미터. 남원시 운봉읍, 산내면 경계.

△덕두봉德頭峯 = 해발 1,156미터. 남원시 운봉읍, 산내면, 동면 경계.

△형제봉兄弟峯 = 해발 1,115미터. 하동군 화개면, 악양면 경계.

△웅석봉熊石峯 = 해발 1,099미터. 산청군 금서면, 삼장면, 단성면 경계.

△국사봉 = 해발 1,038미터. 시천면, 삼장면 경계.

△대암산大岩山 = 해발 1,035미터. 산청군 삼장면 유평리.

△성불산城佛山 = 해발 1,024미터. 산청군 삼장면, 금서면 경계.

이상 22개 봉.


## 1,000미터 이하의 주요 산정山頂

△대뱅이산 = 해발 996미터. 하동군 청암면.

△시루봉 = 해발 991미터. 하동군 악양면.

△구곡산九谷山 = 해발 961미터. 산청군 시천면.

△팔백고지 = 해발 959미터. 하동군 화개면.

△황장산黃張山 = 해발 942미터. 하동군 화개면, 구례군 토지면 경계.

△깃대봉 = 해발 936미터. 산청군 삼장면.

△왕산王山 = 해발 924미터. 산청군 금서면.

△창암산㟛岩山 = 해발 923미터. 함양군 마천면.

△임골용 = 해발 918미터. 산청군 단성, 삼장, 시천 3면 경계.

△감투봉 = 해발 910미터. 산청군 삼장면, 시천면 경계.

△오송산蜈蚣山 = 해발 916미터. 함양군 마천면 삼정리.

△오봉산 = 해발 미상. 산청군 시천면, 하동군 청암면 경계.

△도토리봉 = 해발 미상. 산청군 삼장면.

△주지암산 = 해발 미상. 남원시 운봉읍.

△기초봉 = 해발 미상. 구례군 광의면.

△서일봉 = 해발 미상. 구례군 광의면.

△법화산 = 해발 미상. 함양군 마천면, 휴천면 경계.

△필봉산筆峯山 = 해발 미상. 산청군 금서면.

△형제봉兄弟峯 = 해발 908미터. 구례군 마산면, 토지면 경계.


## 재嶺


△장터목재 = 해발 1,640미터. 산청군 시천면 중산리와 함
   양군 마천면 백무동을 잇는다. 연장 20킬로미터.

△벽소령 = 해발 1,320미터. 하동군 화개면 신흥리와 함양
   군 마천면 덕전리를 잇는다. 연장 20킬로미터.

△임걸령 = 해발 1,310미터. 구례군 토지면과 구례군 산동
   면 심원을 잇는다. 연장 18킬로미터.

△천막재 = 해발 1,310미터. 하동군 화개면 신흥리와 남원
   시 산내면 반선리를 잇는다. 연장 22킬로미터.

△박단재 = 해발 1,280미터. 하동군 화개면 대성리와 산청군 시천면 내대리를 잇는다. 연장 14킬로미터.

△쑥밭재 = 해발 1,250미터. 산청군 삼장면 유평리와 함양군 마천면 추성리를 잇는다. 연장 20킬로미터.

△코재 = 해발 1,240미터. 구례군 마산면 화엄사와 구례군 산동면 심원을 잇는다. 연장 13킬로미터.

△정령재 = 해발 1,180미터. 남원시 주천면 고사리와 구례군 산동면 심원을 잇는다. 연장 12킬로미터.

△바다재 = 해발 1,120미터. 구례군 산동면 위안리와 구례군 산동면 심원을 잇는다. 연장 8킬로미터.

△물갈림재 = 해발 1,110미터. 산청군 시천면 중산리와 산청군 삼장면 고산 평지를 잇는다. 연장 12킬로미터.

△섬삼재 = 해발 1,100미터. 구례군 광의면 천은사와 구례군 산동면 심원을 잇는다. 연장 15킬로미터.

△질매재 = 해발 1,090미터. 구례군 토지면 문수리와 구례군 토지면 피아골을 잇는다. 연장 10킬로미터.

△영원재 = 해발 1,080미터. 남원시 운봉읍 산덕리와 남원시 산내면 외령을 잇는다. 연장 10킬로미터.

△팔랑재 = 해발 1,020미터. 함양군 마천면 양전동과 남원시 사매면 의분을 잇는다. 연장 8킬로미터.

△내원재 = 해발 990미터. 하동군 화개면 석문리와 하동군 청암면 묵계리를 잇는다. 연장 14킬로미터.

△성불재 = 해발 980미터. 산청군 금서면 지막리와 산청군 삼장면 유평리를 잇는다. 연장 10킬로미터.

△원강재 = 해발 950미터. 하동군 화개면 신촌리와 하동군 악양면 평촌리를 잇는다. 연장 14킬로미터.

△느진목재 = 해발 960미터. 구례군 토지면 문수리와 구례군 토지면 남산리를 잇는다. 연장 12킬로미터.

△왕등재 = 해발 930미터. 산청군 금서면 지막리와 산청군 삼장면 대원사를 잇는다. 연장 10킬로미터.

△묵계재 = 해발 825미터. 산청군 시천면 내대리와 하동군 청암면 묵계리를 잇는다. 연장 8킬로미터.

△외고개 = 해발 825미터. 산청군 금서면 오봉리와 산청군 삼장면 유평리를 잇는다. 연장 10킬로미터.

△회남재 = 해발 750미터. 하동군 악양면 평촌리와 하동군 청암면 묵계리를 잇는다. 연장 9킬로미터.

△밤재 = 해발 790미터. 구례군 마산면 화엄사와 구례군 토지면 문수리를 잇는다. 연장 7킬로미터.

△오강재 = 해발 980미터. 구례군 산동면 위안리와 남원시 주천면 고사리를 잇는다. 연장 10킬로미터.

△수락재 = 해발 800미터. 구례군 산동면 수기리와 남원시 주천면 용궁리를 잇는다. 연장 8킬로미터.

△톱지재 = 해발 400미터. 산청군 금서면 지리와 산청군 금서면 화개리를 잇는다. 연장 6킬로미터.

△당재 = 해발 620미터. 하동군 화개면 범왕리와 구례군 토지면 평도를 잇는다. 연장 6킬로미터.

△새깨미재 = 해발 650미터. 하동군 화개면 용강리와 구례군 토지면 중기를 잇는다. 연장 6킬로미터.

△쌍재 = 해발 520미터. 산청군 금서면 지막리와 산청군 금서면 오봉리를 잇는다. 연장 8킬로미터.

△밤머리재 = 해발 500미터. 산청군 금서면 평촌리와 산청군 삼장면 홍계리를 잇는다. 연장 7킬로미터.

△갈티재 = 해발 440미터. 산청군 시천면 내공리와 하동군 청암면 갈티를 잇는다. 연장 6킬로미터.

△길마재 = 해발 484미터. 하동군 청암면 궁항리와 하동군 청암면 장재터를 잇는다. 연장 6킬로미터.

△버드내재 = 해발 1,300미터. 하동군 청암면 묵계리와 하동군 화개면 사리암을 잇는다. 연장 10킬로미터.


## 지리산의 기후

해발 1,350미터 이상의 높은 봉우리가 약 50킬로미터에 걸쳐 연결되고 있는 지리산맥이 동서를 준엄하게 가로막고 있으므로 우리나라의 주 계절풍인 여름철의 동남풍과 겨울철의 북서풍의 기세가 다소 꺾이지 않을 수가 없다.

남부 지방인 산청, 하동, 구례 등지엔 여름에 강우량이 많고 북부 지방인 남원, 함양 등지엔 겨울철의 적설량이 많다.

북부 지방과 남부 지방의 기온 차이는 20일가량이 된다. 남쪽에선 꽃이 일찍 피고, 북쪽에선 단풍이 일찍 든다. 남쪽의 따뜻한 양지 쪽엔 파란 풀이 돋아나 있는데, 북쪽은 아직 눈과 얼음에 덮여 있는 대조를 보이는 것이다. 특히 칠선계곡七仙溪谷과 한신계곡은 4월 말, 5월 초가 되어야 얼음이 녹는다.

천왕봉, 중봉, 하봉, 제석봉은 항상 구름에 덮여 있다. 맑은 날씨에도 계곡의 기류가 상승하여 곧 구름으로 변하기 때문에 청명한 지리산의 모습을 보기는 쉽지 않은 일이다.

천왕봉의 최고 기온은 섭씨 25도. 최저 기온이 섭씨 영하 30도이다.
최고 풍속은 초속 50미터.
최고 적설은 1,500밀리미터.

천왕봉 북부의 최고 기온은 섭씨 37도. 최저가 섭씨 영하 8도.
최고 적설은 500밀리미터.
연평균 강우량은 1,000밀리미터.

천왕봉 남부의 최고 기온은 섭씨 38도. 최저 기온은 섭씨 영하 14도.

최고 적설 100밀리미터.

연평균 강우량 1,600밀리미터.


지리산의 기온 변화에 따라 대강을 적어보면

눈 오는 시기는 10월 초순, 눈 녹는 시기는 3월 말.

얼음 녹는 시기는 4월 말~5월 초.

잎이 피는 시기는 남부가 4월 초순, 북부가 4월 중순.

단풍이 드는 시기는 북쪽이면 10월 중순, 남쪽이면 10월 말.

# 아름다운 73개의 계곡

봉우리와 재가 지리산의 위신이라고 하면 계곡은 지리산의 실질實質이다. 더러는 취락이 있는 계곡, 더러는 무인無人의 계곡. 숱한 애화哀話와 정담情談을 묻어두고 대소 73개의 계곡이 아름답다.

△법계法界골 = 웅석봉, 도토리봉을 발원으로 하여 산청군 삼장면 명산으로 빠진다. 연장은 9킬로미터. 지곡支谷은 딱밭실골, 딱대실골, 악대실골, 도장골.

△유평油坪골 = 유돌골. 중봉, 하봉, 독바위봉에서 발원, 산청군 삼장면 평촌리로 빠진다. 연장 24킬로미터, 지류의 계곡은 조개골, 신밭골, 밤밭골, 소마골.

△내원골 = 써리봉, 국사봉을 발원으로 하여 산청군 삼장면

대포리로 빠진다. 연장 16킬로미터. 지곡은 남수골, 물방아골, 외탕골, 장다리골.

△막은담골 = 임골용에서 발원, 시천면 사리로 빠진다. 연장 8킬로미터. 지곡은 절골.

△반천反川골 = 주산, 오봉산에서 발원, 산청군 시천면 외공리로 빠진다. 연장 8킬로미터. 지곡은 고운동, 배바윗골, 자산골.

△백운골 = 임골용에서 발원, 단성면 백운으로 빠진다. 연장 7킬로미터.

△내대골 = 세석평전, 연하봉, 삼신봉에서 발원, 산청군 시천면 신천리 곡점으로 빠진다. 연장 17킬로미터. 지곡 도장골, 거림골, 청내골, 고동골.

△중태골 = 깃대봉에서 발원, 시천면 사리로 빠진다. 연장 6킬로미터.

△중산골 = 천왕봉, 제석봉, 중봉, 써리봉에서 발원하여 산청군 시천면 곡점으로 빠진다. 연장 20킬로미터. 지곡은 용수골, 칼바윗골, 통신골, 천자암골.

이 가운데 통신골은 '죽음의 골'이라고도 불린다. 천왕봉에서 남쪽으로 험준하게 파인 골짜구니의 푸른 암석 위로 명주 폭 같은 물이 떨어지는 특유의 폭포이며 계곡이다.

△금서골 = 성불산, 깃대봉을 발원으로 하여 산청군 금서면 매촌리로 빠진다. 연장 14킬로미터. 지곡은 밤미리골, 뱀

골, 절골, 대밭골.

△오봉골 = 독바위봉, 성불산에서 발원하여 금서면 임천강으로 빠진다. 연장 12킬로미터. 지곡은 절안골, 가현골, 쌍재골.

△청암골 = 삼신봉에서 발원, 하동군 횡천면으로 빠진다. 연장 30킬로미터. 지곡은 학동골, 회동골.

△추성골 = 천왕봉, 중봉, 하봉, 제석봉에서 발원하여 함양군 마천면 의탄리로 빠진다. 연장 16킬로미터. 지곡은 광점골, 국國골, 칠선계곡.

△악양골 = 시루봉에서 발원, 섬진강으로 빠진다. 연장 12킬로미터. 지곡은 청학이골.

△백무동골 = 촛대봉, 연하봉, 삼신봉에서 발원, 함양군 마천면 강청리로 빠진다. 연장 14킬로미터. 지곡은 바른재골, 곧은재골, 가장이골, 한신골.

△광대골 = 벽소령에서 발원, 함양군 마천면으로 빠진다. 연장 14킬로미터. 지곡은 삼정골, 영원사골.

△화개골 = 영신대, 칠성봉, 벽소령, 덕평봉, 삼각고지, 토끼봉, 삼도봉을 발원으로 하여 하동군 화개면에서 섬진강으로 빠진다. 연장 28킬로미터. 지곡은 세계골, 대성골, 삼정골, 빗점골, 영동골, 범왕골, 수곡골, 단천골, 내원골, 고사골.

△산내골 = 삼각고지, 토끼봉, 삼도봉, 반야봉, 노고단, 만

복대, 세걸산을 발원으로 하여 남원시 산내면 임천강으로 빠진다. 연장 28킬로미터. 지곡은 외운골, 내령골, 부운골, 덕동골, 외야골, 심원골, 뱀사골.

△피아골 = 노고단, 삼도봉(날날이봉)을 발원으로 하여 구례군 토지면 섬진강으로 빠진다. 연장 24킬로미터. 지곡은 피아골, 당재골, 내서골.

△화엄사골 = 노고단에서 발원, 구례군 마산면으로 빠진다. 연장 10킬로미터.

△천은사골 = 종석대에서 발원, 구례군 광의면으로 빠진다. 연장 10킬로미터.

△문수골 = 노고단에서 발원, 구례군 토지면의 섬진강으로 빠진다. 연장 14킬로미터. 지곡은 중매골, 문수골.

△주천골 = 정령재에서 발원, 남원시로 빠진다. 연장 20킬로미터. 지곡은 고사골.

△산동골 = 만복대에서 발원하여 구례군 산동면으로 빠진다. 연장 10킬로미터. 지곡은 위안골, 좌사골, 수락골.

다음 중요한 골짜기에 대한 설명을 붙여둔다.


**유돌골**

유평계곡은 삼장면 평촌리에서 내원사골로 들어가는 곳을 말한다. 평촌에서 3킬로미터쯤 서북으로 한길을 따라 올라가면 노루목에서부터 울창한 송림이 시작된다. 이 숲길을 대원사를 지나 2킬로미터쯤 거슬러 오르면 유평, 즉 유돌골 부락이 옹기종기 나타난다. 이 부락에서 등산로를 3킬로미터 오르면 유명한 '성불의 고개 평원'이 있다.

여기서 다시 계곡을 좌측으로 굽어들어, 개울을 넘나들며 깊은 숲을 따라 오르면 새재에 이른다. 이곳에서 쑥밭재로 오르는 길이 있다.

계곡을 다시 서남쪽으로 굽어 오르면 중봉을 향하게 된다. 이곳부터가 조개골이란 무인지경이다. 무슨 까닭인지 이곳엔 조개껍질이 많다. 잘못하면 동서남북의 방향 감각을 잃어버린다.


### 용수골

시천면 중산리에서 2킬로미터쯤 오르면 좌측이 칼바윗골, 우측은 순두류로 가는 길이다. 다시 3킬로미터를 가면 순두류 평원이 나오고 신선너덜이 있다. 계곡은 깊은 숲 속에 덮여 있다. 써리봉을 향해서 오르는 계곡이 용수골이다. 좁은 절벽에 용추폭포가 걸려 있다. 얼마 가지 않아 작은 용소龍沼를 보게 된다. 이것을 '마야 독녀탕'이라고 한다. 또 얼마를 오르면 낙차 5미터가량의 무명 폭포가 있다. 여기에서 써리봉의 기슭을 따라 중봉, 천왕봉 사이로 비집고 들어선다.

## 칼바윗골

산청군 시천면 중산리에서 법계사法界寺로 오르는 계곡을 말한다. 법천폭포法川瀑布를 비롯하여 두 개의 웅장한 폭포가 있다. 마지막의 유암폭포油岩瀑布에서 통신골로 접어든다.

## 반천골

시천면 외공리에서 반천리로 들어가는 계곡이다. 중간에 전설적인 '최고운崔孤雲 바위'가 있고, '고운동孤雲洞'이 있다. 고운동엔 청학동의 비결을 지키는 사람들이 옛날부터 몇 세대인가 살고 있다.

## 도장골

시천면 곡점에서 좌측으로 접어들면 내대골이다. 세석평전으로 오르는 유일한 길이다. 내대리 거림까진 마을이 있고, 그곳에서 좌측으로 세석을 향한 계곡이 거림골이다. 이곳에서 우측 삼신봉으로 오르는 골이 도장골이다. 무인지경의 계곡이다. 두 개의 용소와 반석 위로 흐르는 옥류玉流가 가관이다.

## 청암골

하동군 횡천면에서 횡천강을 따라 청암면 묵계리에 이르는 계곡이다. 강물 따라 굴곡이 심한 심심유곡이다. 이곳에 사는 사람이 있을까 싶지만 삼신봉 아래까지 마을이 연해 있다. 학동이란 부락에서 삼신봉의 수림 지대가 시작된다. 청학동이란 전설을 지키고 산다. 사내아이들이 머리를 땋아 늘이고 있다. 어른들은 상투를 틀고 부녀들은 전통적인 낭자를 하고 있다. 이곳에선 시간의 흐름이 정지된 느낌을 갖게 된다.

## 칠선계곡

이 나라 3대 미곡美谷의 하나로 꼽힌다. 함양군 마천면 추성골을 접어들어 천왕봉으로 오르는 깊은 계곡이다. 칠선녀가 하늘에서 내려와 목욕을 했다는 전설이 방불하게 느껴질 만큼 연이어진 폭포와 용소가 옥류를 이루고 있는 것이 신비롭다. 하늘을 덮은 숲, 계곡의 굴곡을 이룬 기암과 괴석 등으로 칠선계곡은 절승絶勝의 이름이 아깝지 않다.

## 국골

추성리에서 오른쪽으로 치닫는 골이 칠선계곡이며, 좌측으로 하봉까지 이르는 골이 국골이다. 가락국이 망할 때 왕이 이골에 와서 피난했다고 하여 '국골'이란 이름이 붙었다. 그 당시의 토성土城이 군데군데 남아 있고, 석막石幕과 동굴의 흔적이 있다. 두리봉, 하봉, 촛대봉 등의 험준한 절벽이 말굽형으로 둘러쳐져 있어 천연의 요새라고 할 만하다.


### 한신계곡

한없이 넓고 깊다는 뜻에서 이 이름이 생겨났다고 한다. 가내소폭포를 비롯하여 12폭포, 못사막 등의 절경으로 계곡의 심부는 무인지경이다.


### 뱀사골

남원시 산내면에서 남서南西로 접어든 곳에 있는 골짜기가 산내골이다. 이 계곡이 뱀처럼 돌아 8킬로미터쯤 들어가면 좌측이 뱀사골, 우측이 심원골이다. 두 골은 반야봉에서 발원된 것인데, 이 계곡엔 폭포는 없지만 맑은 물이 숲을 누비고 흐르는 경관이 기막히다. 이곳 역시 무인지경으로 전북 지구의 수일의 명승이다.

### 피아골

구례군 토지면 연곡에서 삼도봉(날날이봉)에 이르는 계곡을 말한다. 평도 부락에서 약 4킬로미터의 임산도를 오르면 피아골에 들어서게 된다. 지리산 일대에선 이 계곡의 산림이 제일이다. 예부터 이 골엔 도적이 많다고 되어 있었다. 어찌 이 골 뿐이랴만, 피아골은 6·25 때 파르티잔의 근거지로서 또는 격전지로서 알려져 있다.


### 화개골

하동군 화개면에서 북으로 화개천을 따라 벽소령으로 접어드는 계곡이다. 화개골은 수십 개의 계곡이 부챗살 모양으로 퍼진 무인지경 골짜기를 많이 갖고 있는데, 옛날부터 도적들이 근거지로 하고 있었던 것이다.

화개면 신흥에서 좌로 영동골, 우로는 단천골, 수곡골, 세계골, 빗점골 등의 깊고 험한 계곡이 있다. 특히 세계골, 빗점골, 영동골은 유명하다. 세석평전, 벽소령, 반야봉 등을 오를 수 있는 길이다. 10리 벚꽃길 따라 개울에 오르면 맑은 흐름이 구슬과 같다. 쌍계사, 불일폭포佛日瀑布, 칠불암 등의 명승고적도 이 근처에 있다.

## 화엄사골

구례읍에서 노고단으로 오르는 계곡이다. 단풍의 계절엔 특히 이 계곡의 풍광이 아름답다.


## 천은사골

구례군 광의면에서 천은사에 이르면 종석대(차일봉)를 향하여 오르는 계곡이 있다. 이곳이 천은사골이다. 사계를 통해 풍광이 아름답지만 특히 단풍의 계절엔 차일봉이 타오르는 불꽃처럼 황홀한 아름다움이다. 구례에서 산동면 심원리까지의 도로가 개통되어 있고, 노고단까지의 도로도 개통되어 있다.


## 심원골

노고단과 반야봉 사이에 광활한 수림 지대가 곧 심원골이다. 이 골은 북동으로 굽어 산내면 반선까지의 계곡을 말한다. 심원골 깊은 곳에 가면 화전민火田民을 만날 수가 있다. 6·25 때에도 그 화전민들은 살아남았다고 하니 강인한 생활력이다.

**문수골**

노고단에서 섬진강에 이르는 남쪽 계곡을 말한다. 왕시루봉과 형제봉을 누비는 계곡이다.


**오봉골**

산청군 금서면 임천강에서 독바위봉으로 거슬러 오르는 계곡이다.


**광대골**

함양군 마천에서 남으로 태양을 가리고 동서를 가로막고 있는 벽소령으로 오르는 계곡이다. 지금은 화개까지 도로가 개통되어 있다.


**활목이골**

하동군 옥종면에서 갈티골로 들어가 오봉산까지 오르는 계곡을 말한다. 그곳에서 고개를 넘으면 청암 묵계골이다. (내 조부님의 무덤이 활목이골에 있다. 활목이를 한자로 쓰면, '弓項'으로 된다.)

**위안골**

구례군 산동면에서 성삼재를 뚫은 계곡. 노고단의 물을 성삼재에 굴을 뚫어 이 골로 넘기고 있는 것이 특색.


**주천골**

남원시 주천면 호경리에서 정령재에 이르는 계곡이다. 구룡폭포까지 가파른 산세이다. 폭포를 지나면 운봉고원雲峯高原 지대가 나타난다.


**입석골**

산청군 단성면 남사리에서 서북으로 웅석봉으로 오르는 계곡이다.


(이 밖의 계곡은 생략)

# 호사스러운 고원高原

### 세석고원

산청군 시천면 내대리 거림골 상단上端 촛대봉과 영신대 사이에 위치한다.

해발 1,500미터에서 1,600미터, 경사 15도, 면적은 2제곱킬로미터, 지리산 제1의 고원이다.

준열한 봉우리, 깊은 계곡과 아울러 어떻게 이러한 고원을 배치할 배려까지 있었을까 하고 생각하면 새삼스럽게 조화造化의 섭리가 얼마나 영특한지를 느끼게 된다.

고원은 지리산이라고 하는 교향시에 있어서 명상의 부분을 차지한다. 가파른 비탈길을 올라와 이곳에서 잠시의 소요逍遙를 갖게 된다는 뜻만으로서가 아니라 스스로를 찾게 하는 그 무엇 때문이다.

지리산의 중앙을 이룬 세석고원은 철쭉꽃을 비롯하여 다종
다양한 산화山花로써 철 따라 그윽한 화원을 이룬다.

　뿐만이 아니다. 북으로 한신계곡, 남으로 화개골, 거림골을
굽어보는 경관이 그럴 수가 없다. 병풍처럼 한 세계골의 절벽,
석각봉, 시리봉도 이곳에서 보면 독특한 운치이다.

　전나무, 떡갈나무가 우거진 숲과 초원의 조화調和를 이루어,
현세를 초월하고 싶은, 또는 염리厭離하고 싶은 사람들이 이곳
에 다소곳한 생활 공간을 꾸며보고 싶은 충동을 자극하기도
한다. 그런 까닭이 있을 것이다. 반세기 전 서양인들은 이곳의
경관을 절찬했다.

　어떤 사람들은 이곳을 지리산의 청학동青鶴洞이라고 믿고 있
다. 신라 시대엔 이곳에 못이 있어 청학이 노닐었다는 얘기가
있다. 아닌 게 아니라, 이곳에 푸른 물로 고인 큰 못이라도 있
었더라면 그냥 그대로 선경仙境이 되었을 것이다.

　매년 5월 하순경이면 세석의 철쭉꽃은 만발한다. 흰 철쭉
꽃, 분홍빛 철쭉꽃, 자주 또는 노란빛의 철쭉꽃이 소리 없이
합창을 할 무렵 지리산은 그 신운神韻의 화려함으로써 절정을
이룬다.

　십수 년 전, 그 화려한 화원花園에서 자살자가 생겼다. 그가
남긴 유물엔 다음과 같이 기록한 쪽지가 있었다.

지리산아!

꽃으로 치장하고

너만 이처럼 호화스러울 수 있느냐!


　살아남은 파르티잔의 한스러운 자살일 것이라고 했지만, 나는 그렇게 생각하진 않는다. 철쭉이 필 때의 지리산은 정말 사람의 가슴을 설레게 하는 것이 있다. 그 숱한 비극을 삼키고도 이처럼 호사스러울 수 있는가 하고.

　자연과 인생의 비리秘理를 너무나 민감하게, 또는 서툴게 감득感得하면 파르티잔의 생존자가 아니라도 자살의 유혹에 사로잡힐 찰나가 있으리라.

　세석고원, 혹은 세석평전이라고도 하는데 그곳엔 산장이 있다. 내가 찾았을 무렵의 산장지기는 이름을 허우천許宇天 씨라고 하여, 지리산 신령의 화신化身임을 자처하고 있었는데 지금도 건재하고 있는지.

　그 산장이 있기 전 바로 그 터엔 움막집이 있었다. 학생 시절 그 움막집에서 하룻밤 잔 적이 있다. 낯 전체가 수염에 덮여 나이는 알 수가 없었지만 그때 움막집 주인은 초로의 사나이가 아니었던가 한다.

　우연히 읽게 된 어느 파르티잔의 수기에 의하면, 그 움막집 주인은 파르티잔과 국군과의 전투가 치열하게 전개되고 있었을 무렵에는 그곳에서 살고 있었던 모양이다. 수기를 쓴 파르티잔이 거림골로부터 한신계곡으로 넘어갈 땐 하룻밤을 그 움막에 묵으면서 얘기를 듣기도 했는데, 두 달 후 그곳을 지나니 움막은 불타 간 곳이 없고 움막집 주인은 동사체凍死體가 되어 있었다고 했다.

"파르티잔이 움막을 불태우고 그 사람을 죽였는지, 국군이 그렇게 했는지 분간할 수 없었지만, 수많은 시체를 보고 시체에 익숙한 나도 그 움막집 주인의 시체를 보곤 눈물을 흘리지 않을 수 없었다."

고 파르티잔의 수기는 되어 있었다.


### 노고단고원

구례군 산동면 심원의 노고단 산정에서 서쪽으로 경사 17~18도로 전개된 고원이다. 해발 1,350~1,500미터. 화엄사에서 북으로 8킬로미터쯤의 지점.

서편으로 차일봉이 있고, 동편으로 피아골, 심원골의 수림 지대이다. 멀리 서해의 일몰과 전라남도의 크고 작은 산들, 그리고 섬진강의 굴곡하는 흐름을 한눈에 모을 수가 있다.

반세기 전 서양인들이 이곳을 휴양지로 삼았다. 전성 시대엔 40여 호의 서양인 별장이 있었다. 그 집터엔 벽돌 굴뚝이 여기저기 남아 있다. 이곳에 별장을 가진 서양인들은 한국 국내에 거주하는 사람들뿐만 아니라 동남아 일대에 살고 있었던 사람들이라고 하니 그들의 안목으로써도 이곳은 별장 지대로서 최적지였던 모양이다.


## 만복대고원

구례군 산동면 심원골 만복대 남쪽에 위치하여 해발 900~1,200미터, 면적 약 3제곱킬로미터, 지리산 천연기념물인 사향노루가 서식하는 곳이다.


## 임골용고원

산청군 단성면 백운리 웅석봉이 남으로 약 6킬로미터 달린 능선에 위치. 해발 900미터. 면적 1.5제곱킬로미터의 광활한 초원지. 토질은 비옥하나 바람이 세어 농경지엔 적당치 않다.


## 성불고원

산청군 삼장면 유평리 외고개 남방에 있는 고원. 면적 2제곱킬로미터, 해발 700~800미터, 약초 재배의 적지. 오래전부터 화전민이 살고 있다. 경사는 15도.

### 고운고원

산청군 시천면 반천리 고운동에 있다. 해발 700미터. 면적 1.5제곱킬로미터. 분지盆地 고원으로 된 이곳은 지리산 청학동으로 알려진 곳이며, 고운 최치원 선생이 다녀간 곳이라고 하여 고운동이라고 한다. 동서남북이 산으로 둘러싸여 기온이 따뜻하여 곡식이 잘된다. 경사 12도.


### 외탑고원

산청군 삼장면 내원리 물방아골에 위치한다. 해발 700미터. 면적 1제곱킬로미터. 분지형의 고원이지만 동·서·북이 산이며, 토질이 비옥하지 못하고 기후가 차서 농목農牧의 적지가 아니다. 경사 10도.


### 광점고원

함양군 마천면 추성리 광점동 상투봉에 위치한다. 해발 900미터. 면적 0.7제곱킬로미터. 북·동·남이 산이다. 기후가 차다. 돌이 많아 쓸모없는 불모지이다. 화전민 5~6세대가 십수년 전까지 살고 있었는데 지금도 그대로 있는지.

**순두류고원**

산청군 시천면 중산리 순두류에 위치한다. 해발 900미터. 면적 1제곱킬로미터. 북동으로 산이 막아 기온이 따뜻한 지역이다. 그러나 돌이 많고 초원이 작아 농사와 목축엔 적지가 아니다. 경사는 10도.

**기타**

해발 500미터의 운봉고원엔 한국 제일의 목장이 있다.

고산평지 = 산청군 삼장면 장다리골.

정령재 = 남원시 산내면.

웅석봉 = 산청군 단성면.

등을 비롯하여 크고 작은 고지 초원이 있다.

고원을 주제로 한 지리산의 편력도 독특한 홍취가 있을 것이다.

# 산림山林, 산정山井 그리고 절경초絕景抄

## 산림

다음은 식물에 관심이 있는 사람들을 위해 적는다.

△해발 500미터 이하의 지대

교목 = 개서나무, 저나무, 굴참나무, 왕개서나무, 졸참나무,
　　　갈졸참나무, 상수리, 느티, 굴피, 참오리, 참단풍, 올
　　　벚나무, 산개서나무, 고로쇠, 물푸레, 떡갈.

관목 = 노린재나무, 생강나무, 때죽나무, 함박꽃나무, 야산
　　　층층나무, 쑥백나무, 산초나무, 조록싸리, 고추나무,
　　　참회나무.

초목 = 우산나물, 국스레나물, 금낭화, 애기똥풀, 짚신나무,

은필애다리, 나비나물, 시호, 서만나물, 나도바랭이, 털제비꽃, 뱀딸기, 비늘고사리, 개고사리, 장구채나물, 참나물, 족두리풀, 꿩비름, 신칼기, 옥잠화, 섬국화, 큰박쥐나물, 개쑥부쟁이, 능조취.

만성 식물＝밀꿀, 칡덩굴, 개머루, 노박덩굴, 다래, 개다래, 담쟁이덩굴.


△해발 600미터에서 1,200미터까지

교목＝신갈나무, 곰의말채, 층층나무, 소나무, 노간주나무, 박달나무, 극이대, 물푸레.

관목＝좀풀싸리, 참개암나무, 노린재나무, 고광나무.

초목＝구실사리, 산작약, 큰앵초, 바위떡풀, 개현삼, 두메갈퀴, 큰잎원추리.

만성 식물＝다래, 칡덩굴, 개다래.


△1,300미터 이상

교목＝신갈, 사스레, 찰피나무, 소나무, 잣나무, 물오리나무, 엄나무, 참단풍나무, 구상나무, 가문비, 고채목, 층층나무, 주목, 오리나무, 자작나무, 전나무.

관목＝종종조팝나무, 참개암나무, 두릅나무, 철쭉, 털진달래, 붉은병꽃나무, 만병초, 좀쪽동백나무, 개화나무, 청시닥, 시닥나무, 산겨릅, 부게꽃나무, 흰정향나무.

초목＝지리산투구꽃, 금마타리, 메역취, 애기바늘사초, 가
　　　재무릇, 풀고비, 지리산고추나물, 말냉이, 흰참꽃, 새
　　　발고사리, 응이나물, 됫박새, 산새물이, 바위구절초,
　　　성양이지꽃, 범포리, 방울새란, 내쥐쓴풀.
만성 식물＝개다래, 누른종덩굴, 미억순나물, 개화수오, 송
　　　이풀, 물참새, 명자순, 큰괭이밥.


△천왕봉 일대
교목＝분비, 가문비, 사스레나무.
관목＝꽃개회나무, 털진달래, 철쭉, 마가목, 부게꽃나무, 신
　　　나무.
초목＝김의털, 산초나물, 산구절초, 돌양지꽃, 꽃며느리, 밤
　　　풀, 다북고추나물, 개시호, 산냉이사초, 두메사초.
만성 식물＝누른종덩굴.


　이상과 같은 식물을 안은 지리산의 임상林相은 피아골의 숲,
법계사 주변의 숲, 하세석下細石에 우거진 잡목 숲, 중봉의 전나
무 숲 등 경관으로서의 의미와 더불어 식물학, 임학의 좋은 교
장教場이다.
　일초일목一草一木, 특별한 예외는 있겠지만, 저마다 이름을
가지고 있다는 것은 반가운 일이다. 그런 만큼 이름 모르고 그
나무와 그 풀과 그 꽃을 스쳐 지나갈 땐 왠지 나는 죄스러움을

느끼곤 한다.

그건 그렇고, 누가 그 이름을 지었는지, 물론 이러한 나무와 풀은 속명俗名 외에 학명學名을 가지고 있다. 산과 들을 헤매 새로운 식물을 발견하는 족족 이름을 지어나간 식물학자들에게 경의를 표한다.

지리산의 산림은 6 · 25 동란 당시 거의 망쳐버렸다. 그 후 10년 동안은 남벌로 거림居林들은 전멸 상태가 되었다. 이제 겨우 산림으로서 소생하는 상태이다. 그러나 써리봉 바위틈에 말라 죽은 나무들, 이를테면 고사목 등은 산림에도 역사歷史가 있다는 감회를 안겨준다.

지리산의 임산물을 용도별로 적어보면 다음과 같다.

정원수종 200종

관상용 38종

과수용 12종

용재용 51종

약용 174종

식용 250종

연료용 107종

경제수종 16종

목본 245종

미이용식물 423종

특히 지리산약智異山藥에 관해 진주 경상대학이 조사 분석한 바에 의하면 70과科, 135속屬, 200종種이라고 한다.

산약의 종류를 대강 간추리면

─ 산삼, 하수오, 지평, 당귀, 국백지, 세신, 황기, 남성, 현삼, 시용, 천마, 참목, 복령, 백목, 평조, 우슬, 진범, 오미자, 복분자, 구기자, 차전자, 상귀, 오가피, 구객목, 해동피, 상기생, 유기생, 사삼, 만삼 등.

산채의 종류를 간추리면

─ 두릅, 고사리, 도라지, 메역취, 취나물, 창초, 깨춤, 더덕, 건달비, 방풍나물, 기새, 머구초, 쑥갈, 산미나리, 꽃나물, 호미치, 딱주, 삿갓대가리, 제부, 움복구, 뚝갈, 다래몽뎅이, 개발딱주, 피나물, 개미초, 덜미순, 현잎, 구멍이, 엉개두루, 철순잎, 다래순.


산에 짐승이 없을 까닭이 없다.

지리산엔 호랑이, 표범 등이 있었다고 하는데 옛이야기이다. 멸종이 되었는지 사람들끼리의 싸움에 지쳐 살 곳이 못 된다고 하여 다른 곳으로 옮겨 갔는지 알 길이 없다.

지금 지리산에 있는 짐승은 곰, 산돼지, 노루, 살쾡이, 너구리, 족제비, 담비, 다람쥐, 고슴도치 등이다. 수달이 있는 것은 확실하지만 찾기가 힘들다. 사향노루는 우리 나라에선 지리산에만 있는 것이라고 했는데, 6·25 동란 후엔 볼 수가 없다고 한다.

새는 흔하게 있다. 예컨대 뻐꾸기, 구루새, 뱁새, 물방아새, 수레기, 우홍이, 벽개최서방새, 비졸이, 매새저리, 비둘기, 부엉이, 까막수리, 올빼미, 꿩, 물새, 딱깐치, 꾀꼬리, 맹맹이, 소쩍새, 벤치새, 두견새, 꿍꿍이, 풀국새, 쑥스러기, 씹죽씹죽구루새.

지리산은 또한 곤충의 낙원이기도 하지만 그 이름들은 생략한다.


### 산정 山井

지리산엔 무수한 샘이 있다. 다음은 그 대표적인 샘이다.

△음양수陰陽水 = 세석고원의 아래쪽에 있다. 큰 바위에 두 개의 물구멍이 있는데, 하나는 양지 쪽에 있어 양수陽水라고 하고, 하나는 음지 쪽에 있어 음수陰水라고 한다.

△산희샘山姬井 = 장터목 산장 앞에 위치한다. 방울방울 떨어지는 물방울이다. 1년 내내 한결같다.

△천왕봉샘 = 천왕봉 남쪽에 있다. 천왕봉을 쳐다보는 절벽 아래 바위틈에서 물이 나온다.

△중봉샘 = 천왕봉에서 중봉으로 치닫는 목에 있다. 길에서 80미터쯤 용수골 쪽으로 내려간 곳에 있다.

△치밭목샘 = 치밭목 산장에서 무재치기폭포로 내려가는

길 옆에 있다.

△간들샘 = 세석산장 앞에 있다. 수량이 풍부하다.

△선비샘 = 벽소령 근처의 덕평봉에 있다. 수량은 적으나 마르진 않는다.

△총각샘 = 삼각고지에서 토끼봉으로 나가는 능선인 연하천이라고 부르는 곳에 있다. 일명 연하천이다.

△임걸령샘 = 노고단에서 반야봉으로 가는 도중의 임걸령에 있다. 수량이 많고 물이 차다. 이곳에 피아골로 빠지는 갈림길이 있다.

△뱁실샘 = 벽소령에 있다. 예부터 벽소령을 넘나드는 사람들의 목을 축이는 유일한 샘이다.

△선도샘 = 노고단 산장 앞에 있다. 1년 내내 마르지 않는다. 산희샘과 같이 방울방울 떨어져 괴는 샘이다.


## 지리산 절경초

△천왕봉天王峯 = 해발 1,915미터의 정상이다. 동쪽으로 써리봉과 웅석봉을 거느리고, 서쪽으로 웅장한 연봉을 거느리고, 북으로 중봉·하봉·독바위봉을 거느리고, 남으로 수없는 지맥을 뻗어 다도해에 이른다. 조망은 건곤乾坤을 극해, 동해의 일출, 서해의 일몰을 일모一眸에 모은 선경仙境이다.

△써리봉 = 천왕봉의 북동北東, 중봉에서 동쪽으로 마치 톱날처럼 봉우리가 하늘을 찌를 듯이 솟아 있다. 9봉으로 된 이 암석봉岩石峯이 논갈이하는 써리 모양을 닮았다고 해서 써리봉인데, 지리금강智異金剛이란 이름도 연유가 없는 바는 아니다. 특히 기암괴석 사이의 고사목의 경관이 인상적이다.

△세석평전 = 지리산역智異山域의 중앙이다. 북으로 촛대봉과 영신봉이 북풍을 가리고, 동으로 시리봉, 서로는 석각삼봉石角三峯을 성곽처럼 둘러친 남향의 분지형의 고원이다. 누군가는 이곳을 무릉도원을 닮았다고 했다.

윗부분은 초원草原, 중간 부분은 전나무와 떡갈나무의 숲, 아랫부분은 잡목의 숲인데, 5, 6월경이면 철쭉이 온통 고원을 덮어 황홀하기 이를 데가 없다. 북으론 세신골, 서론 세계골, 대성골, 빗점골, 동으로 도장골, 남으로 거림골을 내려다보고 멀리 여수 앞바다가 시야에 있다. 특히 촛대봉과 시리봉 사이로 솟아오르는 월출月出은 감동적이다. 음양수, 석문, 일암日岩, 월암月岩, 돼지바위, 병풍바위, 석각봉 등의 명소가 많다. 이곳을 청학동으로 믿는 사람이 많다.

△통천문通天門 = 제석봉에서 천왕봉으로 오르는 도중에 소라고동처럼 지之 자형으로 된 큰 암석의 문이 있다. 천왕봉으로 통한다고 해서 통천문일 것이다. 이 문을 지나고 있으면 하

늘로 통하고 있는 문이란 감상이 인다. 이 문을 통하고 나면 500미터의 절벽 위에 솟은 천왕봉이 나타난다. 북으론 칠선계곡, 남으론 칼바윗골을 굽어볼 수 있는 위치에 있다.

△문창대文昌臺 = 산청군 시천면 중산리 법계사 앞 500미터 남쪽 봉우리에 있다. 해발 1,380미터. 고운 최치원 선생이 수도한 곳으로 알려져 있다.

3층으로 된 험준한 암석에 물이 괴어 있는데 일러 '천년석천千年石泉'이라고 한다. 깊이 20센티미터, 직경 40센티미터가량의 돌우물이다. 산 아래 주민들이 날이 가물어 농사를 짓지 못할 땐 이 우물물을 퍼서 나른다고 하는데, 그러면 곧 구름이 모여들어 비가 내린다. 까닭에 이 돌우물은 마르질 않는다.

부정한 사람이 이 석대石臺 위에 올라가면 바람이 몰아쳐 석대 아래로 떨어뜨려버린다고 한다. 그런데 단 한 사람도 이 석대에서 떨어져 죽은 사람이 없는 것으로 보아 지리산에 오를 만한 사람 가운덴 아직 부정한 사람이 없었다는 것으로 된다.

여기에 오르는 길은 단 하나, 암석의 벼랑을 기어올라, 몸하나 겨우 빠져나갈 만한 좁은 문을 통과해야 한다. 그런데 그 좁은 문을 통과하고 나면 기막힌 절경에 접하게 된다.

이 밖에 절경 또는 명소로서 꼽을 만한 곳을 적어본다.

△칼바위 = 중산리에서 법계사로 오르는 계곡의 입구에 칼

날 같은 바위가 있다. 높이 10미터가량이다.

△망바위 = 역시 중산리에서 천왕봉으로 오르는 길목인데, 가파른 비탈에서 올라서는 첫 능선에 있다.

△개선문 = 이곳을 지나면 천왕봉까진 500미터이다. 개선한 기분이 된다고 해서 어느 등산객이 지은 이름이다.

이 외에 상적암, 투구바위, 거북바위, 변덕바위, 용우담 연기대煙氣臺, 신선너들, 고운바위, 고운발터바위, 세이암, 관적바위, 소년대, 장군바위, 누룩바위, 상투바위, 비녀바위, 저승바위, 웅락대熊落臺, 신길바위, 깨진바위, 칠선절벽, 부자바위, 형제바위, 용수바위, 홈바위, 기름바위油岩, 피바위, 신선바위, 망경대, 마야대, 노름바위 등 유서 깊은 절경과 명소가 있다.

# 폭포와 사찰

## 폭포瀑布와 소沼

△무재치기폭포

산청군 삼장리 유평 장다리골 상류에 있다. 해발 1,200미터의 지점, 낙차는 30미터.

써리봉 동부 장다리골의 숲이 우거진 곳에 거대한 암석이 3단으로 절벽을 이루고 있고 위로 분수 같은 물줄기가 천지를 진동하는 음향으로 낙하한다.

가뭄엔 수량이 적어지고 소沼가 없는 것이 결점이지만, 웅장한 폭포미瀑布美가 기막히다.

일명 조개폭포라고도 한다.

△법천폭포

산청군 시천면 중산리 칼바윗골에 있다. 해발 800미터의 지점. 낙차는 15미터. 소심沼深은 두 개. 소의 면적은 10평.

경사 80도가량의 대암석大岩石 벼랑을 두 줄기 물줄기가 안개를 날리고 무지개를 이루며 낙하한다. 수량이 항시 풍부하다. 이곳에서부터 계곡은 절경의 연속이다.

법천폭포의 상부는 평평한 암석이다. 이 암반 위에서 호연浩然의 연宴을 베풀면 이백李白이 그리워진다.


△칼바위폭포

법천폭포에서 200미터쯤 거슬러 오른 곳에 있다. 해발 800미터의 지점. 낙차는 7미터, 소의 깊이는 2미터, 소의 면적은 2평 남짓.

주위의 암석이 절묘하게 깎여서 두 개의 아름다운 소를 이룬다.


△유암폭포

칼바위폭포와 마찬가지로 산청군 시천면 중산리 칼바윗골에 있다. 법천폭포에서 약 2킬로미터 거슬러 오른 곳에 있다. 이곳에서 통신골이 시작된다.

해발 1,100미터, 낙차 8미터, 일명 지름폭포라고도 한다.

△불일폭포

하동군 화개면 목압리. 쌍계사에서 약 1.5킬로미터의 상거에 있다. 해발 500미터, 낙차 50미터.

청학봉, 백학봉의 푸른 숲과 60미터 이상의 절벽이 둘러친 가운데 명주폭의 폭포가 걸려 있다. 금강산의 구룡폭포九龍瀑布와 비견할 만한 지리산 절승 가운데 하나이다.

△칠선폭포

함양군 마천면 추성리 칠선계곡에 있다. 해발 1,000미터, 낙차 20미터, 소심 3미터, 소의 면적 10평.

칠선계곡의 깊숙한 곳에 걸려 있는 이 폭포는 신비감에 싸여 있다. 수림 때문에 햇살이 들지 않아 겨울이 되면 거대한 빙벽으로 화한다.

△한신계곡의 폭포들

함양군 마천면 강청리 백무동. 한신계곡을 깊숙이 들어서면 그림 같은 작은 암석의 봉우리가 연속된다. 그 안에 네 개의 연속된 폭포와 소가 봉우리의 단층마다에 걸려 있다. 아래서 보면 마치 하나의 폭포처럼 보인다. 이곳을 '12경'이라고 부른다. 옥류가 반석을 둘러 아담한 소를 이루고, 그 소가 다시 작은 폭포를 만드는 지리산의 비경秘境이다. 4봉, 4폭, 4소 이렇게 하여 12경이다.

△가내소폭포

함양군 마천면 한신계곡에 있다. 해발 800미터, 낙차 20미터, 소의 깊이 15미터, 소의 면적 50평.

지리산 7대 폭포의 하나이고, 지리산 속 가장 깊은 소이다. 세석 촛대봉에서 발원되는 옥류가 이곳에 이르면 날카로운 물줄기가 되어 암석을 파고드는 느낌이다.


△첫나들이폭포

함양군 마천면 한신계곡에 있다. 해발 700미터, 낙차 10미터, 소의 깊이 6미터, 소의 면적 7평.

한신계곡의 첫머리에 징검다리가 있다. 그 아래 벼랑에 이 폭포가 걸려 있다. 첫물을 건넌다고 첫나들이폭포란 이름을 지었다는 것이다.


△둘째나들이폭포

한신계곡 첫나들이에서 200미터쯤 올라간 곳에 있다. 해발 750미터, 소의 깊이 5미터, 소의 면적 12평, 낙차 7미터.

반석이 넓고 편편하여 휴식하기가 좋다.


△못산막폭포

이것 역시 한신계곡에 있는 폭포이다. 해발 1,200미터, 낙차 25미터.

한신계곡의 무인지경에 들어가면 '첫나들이폭포', '둘째나들이폭포', '12경'으로 연속되는 폭포를 본다. 그리고 계속 올라가면 숲이 하늘을 가리고 길은 없어진다. 45도가량의 험한 경사의 암석 위로 옥류가 분류한다. 어떻게 못산막이란 이름이 되었는지 알 수가 없다. 이 근처엔 산막도 지을 수가 없다는 뜻인가.

△구룡폭포

남원시 주천면 고사리에 있다.

해발 600미터, 낙차 35미터, 1평 남짓한 두 개의 소가 있다. 소의 깊이는 4미터.

주천면에서 굴곡하는 계곡을 약 6킬로미터 거슬러 오르면 운봉고원과 주천면의 경계에 이른다. 구룡폭포는 그 경계에 있다. 운봉고원의 물이 주천면을 향해 쏟아지는 것이다.

기암절벽을 분류해내려 원형圓形으로서 소에 잠시 머물렀다가 다시 거센 바람을 일으키며 아래로 낙하하는 모양은 실로 별유천지別有天地의 느낌이다.

폭포 위에 '구룡정'이라고 이름하는 정자가 있고, 많은 문인묵객들이 시를 남겼다.

### △선유폭포仙遊瀑布

남원시 주천면 고사리 정령재 밑에 있다. 낙차 6미터, 소의 깊이 1.5미터.

주위의 산림이 황폐하여 폭포의 아름다움이 무색하게 되어 있다.


### △용추

산청군 시천면 중산리 용수골에 있다. 해발 1,100미터, 높이 10미터, 소의 깊이 10미터, 소의 면적 10평.

용수골의 물이 천왕봉, 중봉, 써리봉의 동남으로 쏟아져 내려 이 폭포를 이루었다. 일명 아랫용소라고도 한다.


이상 불일폭포, 구룡폭포, 무재치기폭포, 칠선폭포, 가내소폭포, 법천폭포, 용추 등을 '지리산 7대 폭포'라고 한다.


### △윗용소

산청군 시천면 중산리에 있다. 용추에서 위로 100미터 상거이다. 높이 5미터, 깊이 2미터, 면적 1평가량.

지리산신 마야 부인이 멱감던 곳으로 마야탕, 독녀탕으로 불려지기도 한다. 가마솥처럼 원형으로 파인 소에 옥류가 알맞게 흘러들어 괸다. 해발 1,000미터의 깊은 산골이라서 자연 그대로 방치되어 있다. 써리봉의 단풍이 찬란한 배경을 이룬다.

△북소北沼

산청군 시천면 중산리 신촌 앞에 있다. 소의 깊이는 10미터, 넓이는 20평이다.

날이 가물면 주민들이 이곳에서 기우제를 올린다. 주위의 느티나무가 좋다. 일명 용소.


△대원사 용소

산청군 삼장면 유평리에 있다. 대원사에서 약 500미터의 상거이다.

3단으로 된 암석의 계곡에 옥류가 괴어 맴돌아 이 소가 되었다. 주위는 울창한 소나무 숲이다. 소의 깊이는 5미터, 면적은 25평이다.


△추성 용소

함양군 마천면 추성리 칠선계곡 입구에 있다. 낙차는 8미터, 소의 깊이는 10미터, 면적은 12평.

암벽이 수직으로 깎여서 파인 이 소는 추성 근처 무제의 명지이다. 주위에 수목이 적어 경관에 아취가 없는 것이 흠이다.


△옥녀탕

함양군 마천면 추성리 칠선계곡에 있다. 소의 면적은 10평, 낙차는 7미터, 깊이는 3미터.

칠선계곡은 옛날 7선녀가 하강하여 멱을 감고 올라간 곳이라고 하여 불려진 이름이다. 그런데 이 옥녀탕이야말로 7선녀가 멱을 감은 곳이 아닌가 한다.

칠선계곡엔 칠선폭포를 비롯, 무려 10여 개의 폭포와 30여개의 소가 있다. 그런데 합수골에서 중봉골로 돌아들면 암벽사이가 좁아져 동굴 속을 걷는 느낌으로 된다. 이런 곳에 이름을 얻지 못한 무명의 폭포들이 수천 년 동안 무심한 바위를 두드리고 있다. '적막산중수음동寂莫山中水音動'이란 서툰 한시적인 감동이 인다.


## 사찰

△화엄사華嚴寺

구례군 마산면 황전리에 있다. 전국적인 명찰이다.

신라 진흥왕 5년(서기 544년)에 연기 조사緣起 祖師가 창건, 선덕여왕 때 중건, 문무왕 때 의상 대사義湘 大師가 중건, 인조 때 벽암 대사碧巖 大師가 재건한 것으로 알려져 있다.

북으로 노고단, 차일봉을 배경으로 남으로는 30여 리나 되는 계곡(화엄골)을 안고 있다. 각황전覺皇殿, 석탑, 사리탑은 국보이며, 천연기념물로선 올벚나무가 유명하다.

△천은사泉隱寺

구례군 광의면 방광리에 있다.

신라 흥덕왕 3년(서기 828년) 덕운 선사德雲 禪師가 창건, 감로사甘露寺라고 이름하였는데, 그 후 중수, 중건을 거듭했으나 임진왜란 때 전소된 것을 영조 때 재건했다고 전한다.

구례읍에서 약 10킬로미터의 상거, 차일봉까진 6킬로미터. 우거진 활엽의 숲이 덮고 있어 고요하기만 하다.


△쌍계사雙磎寺

하동군 화개면 석문리에 있다.

신라 문성왕 2년(서기 840년) 진감 국사가 당나라에서 돌아와 창건, 옥천사玉泉寺라고 불렀다. 선조 때 벽암 대사가 재건하여 쌍계사로 되었다. 최고운 선생의 필적이 있고, 국보 제47호인 진감 조사 대공탑비大公塔碑가 있다.

지리산 삼신봉을 배경으로 화개골을 안고 있다. 근처에 불일폭포가 있다.


△대원사大源寺

진흥왕 9년, 연기 조사가 창건, 그 후 몇 번이나 소실된 것을 6·25 이후 재건했다. 지리산 제일의 계곡과 숲을 자랑으로 하는 이 절엔 주로 여승들이 수도하고 있다.

△법계사法界寺

산청군 시천면 중산리에 있다.

천왕봉으로 오르는 중턱, 해발 1,380미터의 지점. 신라 진흥왕 5년 연기 조사의 창건이다. 화엄사, 대원사와 함께 연기 조사가 창건한 삼탑三塔 중의 하나이다.

6·25 동란 중 소실되었다가 근년에 재건되었다. 뒤로는 천왕봉, 앞으론 문창대, 멀리 다도해를 바라볼 수 있는 조망을 가졌다.


△벽송사碧松寺

함양군 마천면 추성리에 있다.

서산 대사의 스승인 벽송 대사가 중창한 사찰인데 6·25 때 소실, 근년에 재건했다. 심산의 소찰小刹. 그러기에 그 경관이 더욱 아늑하다. 남으로 하봉, 중봉을 두고 국골, 칠선계곡을 건너다보는 위치이다.


△연곡사燕谷寺

구례군 토지면, 피아골 입구에 자리 잡고 있다. 신라 진흥왕 6년 연기 조사가 창건한 대찰大刹이었으나 임진왜란 때 전소, 그 후 법당만 재건하였으나 찾는 사람이 드물어 쓸쓸한 현황이다.

△실상사實相寺

남원시 산내면 신촌에 있다.

신라 흥덕왕 3년에 홍척 국사가 창건한 사찰이다. 승려들의 관리 소홀로 폐허의 위기에 직면한 적이 있었는데, 지금은 어떻게 되어 있는지.


이 밖에 산청군 금서면의 왕능사, 시천면의 정각사, 삼장면의 내원사, 시천면의 구곡암, 남원시 주천면의 용담사, 남원시 산내면의 백장암, 역시 산내면의 서진암, 남원 운봉읍의 우무실사, 구례군 광의면의 방광암, 하동군 화개면의 국사암, 함양군 마천면의 금대암, 안국암, 약수암 등이 있다.

알려진 사지寺址만도 18군데나 있다. 그중 가장 유명한 곳은, 아자방亞字房이 있었다는 칠불암七佛庵이다.

# 역사歷史의 수繡를 놓은 인맥人脈

지리산의 자연은 물론 숭고하지만, 인맥 또한 그 자연에 못 지않다.

아득히 신라 시대의 고운 최치원, 그리고 많은 법사 선사 들은 차치하더라도 유명 무명의 인물들이 지리산을 중심으로 역사의 수를 놓았다.

한편, 지리산은 반체제 인사들의 은신처이기도 했다. 패잔한 동학군들 가운데 적잖은 사람들이 지리산에 정착했을 것이 짐작된다. 그 밖에 숱한 민란의 주모자들이 지리산을 피신처로 삼았다. 일제 때엔 징용, 징병을 기피한 청년들이 보광당普光黨을 만들어 이곳을 근거지로 했고, 독립운동자 사회주의자 들이 이곳에 숨어 살기도 했다.

해방 후엔 파르티잔의 소굴이 되었다. 그런 뜻에서 지리산은 자연과 인생이 엮은 심각한 드라마의 무대이기도 하고, 바로 역사의 현장이기도 하다.

이러한 인물들 가운데 특출한 존재가 있었으니 그 한 분이 남명 조식南冥 曺植 선생이고, 또 한 분이 매천 황현梅泉 黃玹 선생이다.

조식의 호는 남명이다. 창녕인으로서, 경상도 삼가三嘉에서 태어났다. 삼가는 지리산록에 있는 고을이다. 그의 생년은 1501년, 몰년은 1572년.

여섯 살 때 글을 배웠는데 신동이었다. 사마시司馬試와 향시鄕試에 합격했지만 벼슬할 생각은 전연 가지지 않았다. 지리산으로 들어가 덕천동에 산천재를 지어 그곳에서 제자를 가르치기에 여념이 없었다. 지금 덕천서원德川書院으로서 그 유허가 남아 있다.

조정에서는 그에게 여러 차례 벼슬을 내렸다. 그러나 응하지 않았다. 앉은 자리에서 벼슬을 하라고 단성 현감에 임명했으나 1년 남짓 재임하다가 그만두었다. 벼슬보다도 학문을 좋아했기 때문이다.

그래도 남명의 학덕을 존경한 조정은 그가 66세 때 상서원尙瑞院 판관判官을 제수했다. 이것마저 거절할 수가 없어 일단 출사를 했지만, 열흘도 못 되어 서울을 하직하고 덕천동으로 돌아갔다.

그는 철저한 은일의 선비였다. 그만큼 지리의 산수를 좋아했던 것이다. 지리의 산수 속에서 일생을 마쳤을 때 그 향년은 72세였다.

선조는 그의 석덕碩德을 높이 평가하여 대사간大司諫을 증직하고, 광해군은 영의정領議政을 증직하여 시호를 문정文貞이라고 했다.

남명이 학문하는 주안은 반궁체험反躬體驗이며 지경실행持敬實行이다. 그의 좌우명은 "내명자경內明者敬 외단자의外斷者義 한거기구閑居旣久 징태욕념澄太慾念"이었다.

'안으로 슬기를 밝히려면 공경하는 마음을 가져야 하고, 바깥으로 일을 처단할 때엔 의리에 어긋나선 안 된다. 한가하게 몸을 지니고 있으면 욕념을 맑게 할 수 있다'는 뜻이다.

그는 또한 실천궁행을 강조하고 일상생활을 철저한 절제로써 일관했다. 결코 불의와 타협하지 않았다. 학學은 깊고 덕德은 높아 일세의 거유巨儒로서 퇴계 이황退溪 李滉과 더불어 경상좌우도의 쌍벽으로 일컬었다.

그의 문하에서 정인홍, 최영경, 정구, 김우옹, 정탁, 곽재우, 이제신, 오건, 강익, 문익성, 박제인, 조종도, 곽예곡, 하항 등 쟁쟁한 인물이 배출되었다. 동서분당東西分黨의 효시가 된 김효원이 남명의 제자라는 사실은 특기할 만하다.

실로 남명은 자연인 지리산의 높이에 인간으로서 높이로서 대비할 만한 인물이다. 일러 지리산의 영기를 탄 인물의 하나라고 한다.

172

남명에 의해 지리산은 시화詩華로써 장식되었다고 할 만하다. 그가 지리산을 읊는 시는 수백 수를 넘는다. 임의대로 적어보는 데도 다음과 같은 수일秀逸이 있다.


　雨洗山嵐盡　우세산람진

　尖峯畵裡看　첨봉화리간

　歸雲低薄暮　귀운저박모

　意態自閑閑　의태자한한

(비가 산바람을 죄다 씻고 나니 첨봉들을 그림 속에 보는 것 같구나. 황혼으로 나직이 구름이 돌아가니 마음이 스스로 한가롭다.)


　獨鶴穿雲歸上界　독학천운귀상계

　一溪流玉走人間　일계유옥주인간

　從知無累翻爲累　종지무루번위루

　心地山河語不看　심지산하어불간

(학 한 마리가 구름을 뚫고 천상으로 올라가고, 옥 같은 시냇물이 사람 사이를 달려간다. 덧없음이 덧 있는 것으로 되기도 하니 산하도 사람의 마음과 같은 것일까. 말을 하지만 보진 못한다.)


마지막으로 남명 선생이 지리산에 살고 있음을 얼마나 자랑으로 여기고 있었던가를 보여주는 시 한 수를 적는다.

春山底處無芳草    춘산저처무방초

只愛天王近帝居    지애천왕근제거

白手歸來何物食    백수귀래하물식

銀河十里喫有余    은하십리끽유여

(봄의 산에 가는 곳마다 방초가 있는 것은 아니다. 그러나 오직 천
왕봉 근처에 살고 있는 것을 자랑으로 여길 뿐이다. 빈손으로 돌아와
무엇을 먹을 것이냐. 걱정 말라, 10리에 걸친 은하수를 보기만 해도
배가 부르다.)


아무튼 지리산을 찬양할 땐 빼놓지 않고 찬양할 사람은 남
명 선생이다. 그는 지리산을 배워 평생을 은일 속에 살았고,
지리산은 남명 선생을 배워 그처럼 숭고하다고 할 수 있다.

매천 황현 선생도 지리산의 인맥에 속하는 사람이다. 그의
탄생지는 전라남도 광양현 서석촌(현 광양시 봉강면 석사리)이
고, 그 생애의 대부분을 보낸 곳은 구례이기 때문이다. 구례는
바로 지리산맥 속에 자리 잡고 있는 고을이다.

매천은 1855년 12월 11일에 태어났다. 어려서부터 그 문명
文名이 인근에 떨쳤다. 20세 때 상경하여 명미당 이건창明美堂 李
建昌을 만났다. 이건창을 통해 창강 김택영滄江 金澤榮, 강위, 정
만조 등을 알게 되었다.

그는 초년엔 벼슬에 뜻을 두기도 했으나 1876년 한일수호조
약(강화도조약)이 체결되고 이어 구미 각국과도 불평등 조약이

체결되기도 하여 국내의 정국이 어수선하게 되자 벼슬할 뜻을 버리고 고향으로 돌아왔다. 그 후 다시 서울로 갔으나 갑신정변 이후의 민비 정권의 부정부패에 분격하여 관료계와 결별하고 낙향했다.

그는 고향 구례에 3,000여 권의 책을 쌓아놓고 두문불출 학문에만 열중했다. 동학란, 갑오경장 등 사건이 연이어 발생했다. 어떤 위기감에 자극을 받아 후손에게 남겨줄 목적으로 《매천야록梅泉野錄》 《오하기문梧下紀聞》 등을 쓰기 시작했다. 일종의 시사 비평록이다.

매천은 민비 정권에 대해선 철저하게 비판적이었다. 이 시대의 정권과 관료들을 '귀국광인鬼國狂人'이라고까지 극론하고 있다.

1905년의 이른바 을사보호조약에 의하여 국권이 일본에 의해 짓밟히자 일시 중국으로 망명하려다 실패하고 향리에서 두문불출한 채 저작 활동을 했다. 그런데 그의 저작은 한문자閑文字가 아니고 그 일행일구一行一句가 비수처럼 날카로운 시대 비판이다. 비판의 대상은 일본, 러시아, 청나라 등 침략 세력과 이에 부화한 민족 반역자 탐관오리들이다. 매천은 비록 상대가 왕과 왕비라고 해도 비위가 있을 땐 용납하지 않았다.

예컨대 《매천야록》엔 다음과 같은 대목이 있다.

이승지는 주서注書로서 오랫동안 대궐에 있었던 사람인데, 내게 이런 얘기를 했다. 이승지가 어느 날 밤, 어느 전각 앞을 지났더니 노랫소리가 들렸다. 가만히 들여다보았다. 전각 안엔 등불이 대낮처럼 밝게 커졌고 왕과 왕비는 평복으로 앉아 있었는데 수십 명이 모여 북을 치며 노래를 불렀다. 그 가운데 잡조雜調를 부르는 자가 있었다. "오다가다 만나서 정을 통해 즐기니 죽고 또 죽어도 이 기쁨은 그지없네." 그 음탕하고 외설함엔 듣는 자로 하여금 얼굴을 가리게 할 지경이었으나 명성후(민비)는 허벅다리를 치며 "좋다, 좋다"고 하더라는 것이다.

－세자世子는 고자였다. 어느 사람은 나면서부터 그런 꼴이었다고 하고, 어느 사람은 어릴 때 궁녀들이 너무 빨았기 때문에 일출불수―出不收하게 된 것이라고 했다. 아무튼 줄기는 시든 오이처럼 축 늘어져 있었다. 아무 때나 소변을 질금거려 좌석은 언제나 흥건히 젖어 있었고 매일 이불을 바꾸고 바지를 갈아입혀야 했다. 곧 결혼을 시켜야 할 것인데 세자는 사내 노릇을 할 것 같지 않았다. 미칠 듯 걱정한 나머지 명성후(민비)는 관비官婢를 시켜 세자에게 교합交合하는 방법을 가르쳐주라고 이르고 자기는 문 밖에서 큰 소리로 물었다. "되었느냐, 안 되었느냐." "안 되었읍니다. 안 됩니다" 하는 대답을 듣곤 왕비는 탄식하길 수번, 가슴을 치며 일어나곤 했다. 사람들은 완화군完和君을 죽인 보복일 것이라고 했다.


쓰잘 것 없는 기록 같지만 매천은 이런 사실까지 망라해서 조정을 비판한 것이다.

물론 매천은 이런 잡사만을 기록한 것이 아니다. 위정척사衛正斥邪의 사상을 펴는 것이 그의 주목적이었다.

매천은 일제가 1910년 나라를 병탄하자 독약을 먹고 자결했는데, 다음과 같은 절명시 네 편을 남겼다. 원문原文은 생략하고 그 뜻만을 적는다.

난리를 겪고 겪어 백두白頭의 나이가 되었다.
몇 번을 죽으려고 했지만 어떻게 할 수 없었더니
오늘이야말로 결행하게 되었구나.
가물거리는 촛불이 창천을 비춘다.

요사스런 기운에 덮여 제성帝星이 자리를 옮겼다.
구중궁궐은 황황하여 햇살도 더디다.
조칙詔勅은 이제 다시 있을 수가 없구나.
천 가닥 눈물이 흘러 종이를 적실 뿐이다.

새와 짐승도 바닷가에서 슬피 운다.
근화槿花의 세계는 영영 사라졌는가.
가을 등불 아래 책을 덮고 옛일을 회상하니
인간으로서 글을 안다는 것이 얼마나 어려운 일인지
새삼스러운 느낌이다.

일찍이 나라를 위해 조그마한 공功도 없는 나.

겨우 인仁을 이루었는진 몰라도 이것은 충忠이 아니다.

기껏 윤곡尹穀을 따를 수 있을지 모르지만,

때를 당하여 진동陳東을 따를 수 없는 것이 부끄럽구나.


윤곡은 송宋나라 장사長沙의 사람이다. 벼슬은 숭양의 장관이었는데, 몽고병이 쳐들어와 송나라가 망하게 되자 일문을 거느리고 절사節死했다.

진동 역시 송나라 사람인데 단양인丹陽人이다. 명신名臣 이강李綱이 파직당하자 수만의 서생書生을 이끌고 데모를 하다가 구양철과 더불어 난적亂賊으로 몰려 기시棄市의 형을 받았다. 나라를 위해 목숨을 바친 것이다.

매천은 그의 절명시에서 윤곡처럼 절사는 할망정, 진동처럼 목숨을 걸고 싸우지는 못했다고 한탄하고 있는 것이다.

사실 매천은 진동처럼 항거하여 싸우지 못했다. 총을 들고 의병이 되지도 못했고, 망명하여 국권을 회복하는 운동에 참가하지도 않았다. 다만, 그는 망한 나라의 백성, 일제의 노예가 되어 살기는 싫었다. 그리고 스스로의 역량의 한계를 알았다. 그의 절명시 가운데의 "難作人間識字人(난작인간식자인)"이란 글귀가 공감을 불러일으키는 소이所以이다.

그러나저러나 매천은 지리산 천왕봉에 비길 수 있는 고고한 지사이며, 지리산의 옥류를 닮은 시인이며, 지리산의 기암과 절벽을 방불케 하는 일세의 비평가이다.

매천 황현 선생을 두고도 지리산은 그 산맥만이 아니라 자랑할 인맥을 가지고 있는 것이다.

지리산에 오르고자 하는 등산인들이여! 경남 산청으로 코스를 잡을 때면 덕천서원에, 구례로 코스를 잡을 땐 매천의 고택을 찾을지니라.

이 충고와 더불어 〈지리산학〉의 장章을 닫는다.

《산을 생각하다》, 서당, 1988.

# '기록이자 문학' 혹은
# '문학이자 기록'에 이르는 길

고인환 문학평론가·경희대 교수

## 1.

이병주는 우리 근현대사의 정치 현실을 전면적으로 형상화한 작가의 하나이다. 그는 일제 말에서 해방과 전쟁 시기, 그리고 4·19에서 5·16에 이르는 격변의 현대사를 정치권력과 개인의 긴장 관계를 중심으로 다루어왔다. 《관부연락선》에서 《지리산》,《산하》,《그해 5월》에 이르는 이른바 '반자전적 소설 혹은 실록 대하소설'은 이병주가 소설의 방식으로 현실 정치에 개입한 대표적인 사례에 해당한다.

하지만, 이병주의 소설은 여러 가지 이유로 크게 주목받지 못한 것이 사실이다. 한 연구자는 80여 권의 중·장편을 발표하며 '한국의 발자크'라 불릴 만큼 엄청난 집필량을 자랑하는 다산의 작가 이병주에 대한 논의가 인색한 이유를, 한일 관계에 대한 이병주의 독특한 시각과 그가 보인 철저한 반공주의적 태도에서 찾고 있다.[1] 그는 이러한 작가의 태도가 비평가들이나 연구자들에게 선입견을 갖게 했을 수도 있다고 추측한다. 이병주는 민족주의라는 당위에 흔들리지 않고 냉정하게 한일 관계와 해방 후의 정국을 들여다보려 했는데, 그러한 반성에는 소위 '학병 세대'의 자의식이 자리하고 있어서 한일 관계에 대한 작가의 서술은 위험스러운 줄타기를 보는 듯 친일과 민족주의의 경계선상에 자리하고 있다는 것이다. 이러한 작가의 태도는 민족주의적 시각에서 보면 '식민 사관'의 결과물로 인식될 수 있다. 한편 작품 속에 노골적으로 드러나는 공산당 혹은 공산주의에 대한 비판은 반공 이데올로기에 편승한 관제 작가라는 인상을 줄 수도 있다.

더불어 권력 주변에 비친 작가의 그림자가 그의 문학이 지닌 의미를 퇴색시키기도 했다. 이병주는 박정희 이래 역대 대통령과 친교를 유지한 것으로 세간에 알려졌고, 유력 정치인, 고위 관료, 부유층 인사들과 맺고 있던 친교 관계가 작가로서의 그의 입지를 크게 약화했다.[2]

한편 문단적 관습과 동떨어진 그의 작가적 위치 또한 논의

---

1) 강심호, 〈이병주 소설연구: 학병세대의 내면의식을 중심으로〉, 《관악어문연구》, 27집, 서울대학교 국어국문학과, 2002, 187~188쪽 참조.

에서 배제된 이유 중 하나이다. 주요 작품의 발표 지면을 그 예로 들 수 있다. 이병주 데뷔작은 〈소설·알렉산드리아〉(《세대》, 1965. 7)이며, 두 번째 작품이 〈매화나무의 인과〉(《신동아》, 1966. 3), 세 번째 작이 《관부연락선》(《월간중앙》, 1968. 4~1970. 3)이다. 종합 대중지 《세대》와 신문사의 종합 교양지 《신동아》(동아일보), 《월간중앙》(중앙일보) 등은 《현대문학》, 《문학예술》, 《자유문학》 등 순수 문예 잡지와 거리가 멀다. 처음부터 그는 문단 문학 바깥의 존재였고, 또 끝내 그 바깥의 글쓰기 장에서 벗어나지 못한 이유는 여기에 있다. 추천자도 없이 홀로 글쓰기에 임한 것이다. 이러한 이유로 이병주는 이른바 '순수 문학'의 마당에 끝내 서지 못했다.[3] 그는 당시의 문단과 일정한 거리를 유지하며 자신만의 독특한 문학 세계를 구축한 것이다.

---

2) 이와 더불어 작가로서의 기본적 성실함 또한 작품의 질적 불균형을 초래하게 되었다. 그는 장편, 단편, 에세이, 멜로드라마 등 장르를 가리지 않고 월 평균 1,000매 분량의 저술을 쏟아내었다. 여러 매체에 동시에 연재함으로써 집중력이 분산된 것은 피할 수 없었고, 이중 게재, 제목의 변경, 작품의 일부를 별도로 발표하는 등 문단의 확립된 전통과 윤리를 벗어난 출판 행태를 보이기도 했다. 이러한 부주의는 작가로서의 성실성에 치유하기 힘든 상처를 남겼고 그의 작품에 대한 논의를 회피하는 결과를 초래했다(안경환, 〈이병주와 그의 시대〉, 《2009 이병주 하동국제문학제 자료집》, 이병주기념사업회, 2009, 36쪽 참조).

3) 김윤식, 《일제말기 한국인 학병세대의 체험적 글쓰기론》, 서울대학교출판부, 2007, 158~159쪽 참조.

이렇듯, 이병주의 문학은 작가의 반공주의적 혹은 보수주의적 정치관, 정치권력 주변에 비친 그의 그림자, 그리고 기존의 문단적 관습과 거리를 유지하고 있었다는 점 등에서 그 문제적 성격에도 불구하고 크게 주목을 받지 못하였다.

본고에서는 이병주 문학의 온전한 자리매김을 위한 시도의 일환으로 그동안 크게 주목받지 못했던 단편 〈여사록〉, 〈칸나·X·타나토스〉, 〈중랑교〉 등에 나타난 현실 인식의 양상과 이에 투영된 글쓰기에 대한 자의식을 고찰하고자 한다. 이병주의 소설에는 그의 정치관 혹은 세계관이 직간접적으로 투영되어 있는 경우가 많다. 정치적 현실에 응전하는 작가 의식이 글쓰기에 대한 자의식으로 변주되고 있기 때문이다. 하여 이에 대한 고찰은 이병주 문학을 관통하는 정치적 무의식의 일면을 엿볼수 있게 한다. 나아가 그의 문학과 삶을 바라보는 편향된 시선, 즉 과도하게 의미를 부여하거나 혹은 의도적으로 외면해온 태도를 지양하고 그의 작품을 객관적으로 평가하는 데 일조하기를 기대한다.


2.


'진주농고에 같이 근무' 했던 옛 동료들이 '30년' 만에 다시 만난다는 내용을 담고 있는 〈여사록〉은 소설과 기록(수필)의 경계에 보금자리를 트고 있다. 이 작품은 〈소설·알렉산드리아〉, 〈마술사〉, 〈쥘부채〉, 〈변명〉, 〈겨울밤〉 등 그의 대표작이라 할 수 있는 중·단편에 비해 소설적 긴장감이 떨어지는 것은 사실이다. 하지만 담담하게 지난 시절을 회고하면서 현재의 내면을 진솔하게 성찰하고 있다는 점에서 글쓰기에 대한 자의식을 생생하게 엿볼 수 있는 작품이라 할 수 있다.

먼저 작가가 회고하고 있는 '진주농고 시절'을 따라가보자. 그에게 30년 전 진주농고 시절은 '불성실한 청춘', '불성실한 교사'로 기억된다. '사지에서 돌아왔다는 의식이 해방의 감격에 뒤이은 환멸감과 어울려' '술과 엽색의 생활'이 '되풀이'된 시절이었다. 그는 '그저 기분, 기분으로 행동'했다고 덧붙이고 있다. 이에 비해 '군대 생활(학병)'이나 '감옥 생활'은 비록 '굴욕의 나날'이었지만 '항상 긴장해 있었고 스스로에게 비교적 성실'한 시기로 남아 있다.

진주농고 시절에 대한 자학적 진술에서 불구하고 '진주'는 이병주에게 '학문과 예술'에 대한 꿈을 키워준 무한한 자부심의 공간임에 틀림없다. 진주는 그에게 '요람'이자 '청춘' 그리고 '대학'이었다. 그의 육성을 직접 들어보자.

진주는 나의 요람이다. 봉래동의 골목길을 오가며 잔뼈가 자랐다.

진주는 나의 청춘이다. 비봉산 산마루에 앉아 흰 구름에 꿈을

실어 보냈다. 남강을 끼고 서장대에 오르면서 인생엔 슬픔도 있
거니와 기쁨도 있다는 사연을 익혔다.

진주는 또한 나의 대학이다. 나는 이곳에서 학문과 예술에 대한
사랑을 가꾸었고, 지리산을 휩쓴 파란을 겪는 가운데 역사와 정치
와 인간이 엮어내는 운명에 대해 내 나름대로의 지혜를 익혔다.

　나는 31세까지는 진주를 드나드는 과정을 되풀이하면서 살았
다. 거북이의 걸음을 닮은 기차를 타고 일본으로 향했고, 그 기차
를 타고 돌아왔다. 중국으로 떠난 것도 진주역에서였고, 사지에
서 돌아와 도착한 것도 진주역이었다. 전후 6년 동안의 외지 생활
에선 진주는 항상 나의 향수였다. 그런데 진주로부터 생활의 근
거를 완전히 옮겨버린 지 벌써 25년여를 헤아린다

　　　　이병주, 〈풍수 서린 산수〉, 《여사록》, 바이북스, 2014, 104~105쪽

'진주'는 그에게 젊음의 고뇌와 방황의 궤적, 즉 일본·중
국·부산·서울 등으로 뻗어 나가는 일종의 플랫폼이었다.

'해방 직후의 진주농고'는 이데올로기 대립의 격전장이었
다. '학병 시절'이나 '감옥 생활'은 그의 작품에 냉혹한 정치
현실에 패배한 비루한 청춘의 자화상으로 음각되어 있다. 하
여 이 시절을 음미하는 행위는 부조리한 역사에 대한 '변명'의
성격을 띠는 경우가 많다. 하지만 진주농고 시절을 회고하는
시선에는 이념 갈등의 현장에서도 꿋꿋하게 삶의 균형을 유지
하려 한 청춘의 자부심이 투영되어 있다. 그가 진주농고 시절

을 반복해서 떠올리는 이유도 여기에 있다.

해방 직후 좌익의 횡포가 심할 때, 그땐 좌익이 합법화되어 있
어 경찰이 학원 사태 같은 것을 돌볼 위력도 시간적 여유도 없었
을 무렵이다. 나는 그 횡포와 맞서 싸워 우익 반동이란 낙인을 찍
혔다. 대한민국이 수립되자 좌익 세력은 퇴조해가는데 그 대신
학원에 우익의 횡포가 시작되었다. 나는 그 횡포에 대항해서 좌
익계의 학생들을 감싸주지 않으면 안 될 입장으로 몰려들었다.
그런 결과 '좌익에 매수된 자' 또는 '변절자'란 욕설을 뒷공론으
로나마 듣게 되었다.

이병주, 〈여사록〉, 《여사록》, 바이북스, 2014, 23쪽

그는 '원칙'과 '명분'을 내세워 '좌익 학생들'의 '스트라이
크'를 무산시킨 학생들의 '퇴학 처분'을 취소시키는 데 성공한
다. 물론 이후의 역사는 '이것이 문제의 낙착이 아니고 시작'
임을 보여주고 있는데, 이념 갈등의 진흙탕은 '싸움에 이기기'
위해서 '모든 미덕을 악의 수단"으로 이용하는 '오염된 인간
성'의 '낙인'이었기 때문이다. 이겼다는 기쁨은 '한순간의 일
일 따름이고 '진 것만도 못하다는 회한'만이 팽배한 '자멸'의
역사였던 셈이다. 따라서 이병주에게 진주농고 시절은 이러한
이념 투쟁의 전장을 원칙과 명분으로 건너간 자긍심의 공간이
다.

〈여사록〉은 이 자긍심의 공간을 삶의 비의를 탐색하는 작업과 포개놓고 있다. 이 작품은 '크메르(캄보디아)'와 '베트남'에 대한 단상으로 시작되고 있다. '동화 속의 도시 프놈펜', '소파리라고 불리우던 사이공', 그리고 '30년 동안을 전란에 시달린 인도차이나란 지역의 운명'은 사람으로 치면 참으로 기구한 팔자다. 이 '먼 나라에 대한 엉뚱한 걱정'이 우리의 역사와 연결되어 진주농고 시절을 불러오고 있는 것이다.

> 공산주의자들의 침략이란 해석만으론 풀리지 않는 문제가 있다. 미국 외교 정책의 잘못이란 것만 가지고 풀리지 않는 문제가 있다. 국제간의 역관계力關係란 공식으로써도 풀리지 않는 문제가 있다. 그 모든 방법을 조사해도 풀리지 않는 문제, 그것은 무엇일까……
>
> 이병주, 〈여사록〉,《여사록》, 바이북스, 2014, 11쪽

〈여사록〉은 이러한 삶의 수수께끼에 대한 탐사의 여정이다. 그에게 소설(글쓰기)은 이 '풀리지 않는 문제', 즉 '안 되는 줄 알'지만 그럼에도 불구하고 해결하기 위해 노력하는 작업이 아닐까 싶다. 이는 '일본군의 군화에 짓밟힌 사이공의 거리' 혹은 '일본군에 육욕에 유린된 안남의 아가씨들'의 처참한 삶을 기억하는 일이다.

그렇다면 이 작품에서 이념의 폭력에 짓눌렸던 장삼이사張三

李四들의 삶은 어떠한가? 이는 '30년 전 동료들'의 삶을 서술하는 작가의 모습에 투영되어 있다.

아쉬운 점은 진주농고 시절의 균형 감각을 유지하지 못하고 있다는 사실이다. 좌익 쪽에서 활동했던 동료들이 남한에 뿌리내릴 수 없었던 당시의 상황을 고려한다 해도 작가의 태도는 다분히 우익 쪽으로 기울어져 있다. 이는 작가가 공들여 형상화하고 있는 송치무와 이정두의 화해 장면에 잘 드러나 있다.

> 그때였다. 이정두 씨가 자기완 한 사람 띄운 건너 자리에 앉아 있는 송치무 씨를 불렀다.
>
> "송 군!"
>
> "어."
>
> 하고 송치무 씨가 고개를 돌렸다.
>
> "사람이라면 지조가 있어야 할 것 아닌가. 자넨 보아하니 변절한 모양이로구만."
>
> 나는 화끈하는 느낌으로 이정두 씨와 송치무 씨 두 사람을 스쳐보고 주위의 공기를 살피는 마음이 되었다. 다행하게도 모두들 술에 취해 그 장면의 의미를 알아차리지 못하는 것 같았다.
>
> 이정두 씨는 곧 태도를 바꾸어 부드럽게 말했다.
>
> "언젠가 차를 타고 지나면서 자네 같은 사람을 본 기억이 있지. 하는 일은 잘되나?"
>
> "그럭저럭 그래."

송치무 씨의 대답은 주저주저했지만 그로써 긴장은 풀렸다.

이병주, 〈여사록〉, 《여사록》, 바이북스, 2014, 56~57쪽

다분히 이정두 씨 주도의 화해이다. 작가 또한 '30년 전' '모략과 중상을 꾸며 학생들을 선동해' 이정두를 축출한 송치무의 소행에 관심을 집중하고 있으며, 이정두의 '비수'가 송치무가 '평생 동안' 지고 가야 할 '마음의 빚'을 해소하는 것으로 마무리하고 있다. 하지만 이는 작가와 이정두가 일방적으로 베푸는 방식의 화해에 가깝다. 우익 쪽이 득세한 남한의 현실 속에서 송치무가 어떠한 삶을 살아왔는가에 대한 관심이 적극적으로 표출되어 있지 않기 때문이다.

이상에서 〈여사록〉은 진주농고 시절을 되새기면서 '풀리지 않는' 삶의 '수수께끼'를 탐사하는 출발점, 즉 송치무와 이재호의 삶이 시사하는 험난한 '소설'의 여정을 예비하는 작품이라 할 수 있다. 이는 '소설 이전' 혹은 '소설 이후'의 글쓰기 방식이다.


3.


이병주의 〈소설·알렉산드리아〉는 부산 시절을 곱씹고 있는 소설이다. 동생의 목소리(화자)와 형의 편지가 교차되는 구성

을 취하고 있는 이 작품에는 이병주 소설을 지배하는 정치적 무의식, 즉 정치 현실과 길항하는 작가 의식의 원형질이 투영되어 있다. 작가의 목소리는 형과 아우 사이에서 공명共鳴하고 있는데, 이는 사상과 예술, 서울과 알렉산드리아, 현실과 환각을 매개하려는 의지를 표출하고 있다.

우선, 〈소설·알렉산드리아〉 이전의 글쓰기 방식에 주목할 필요가 있다. 이병주는 부산의 《국제신보》 주필, 편집국장, 논설위원 등을 거치면서 수많은 칼럼을 썼던 것으로 알려져 있다. 그는 '철두철미한 자유주의자'의 관점에서 공산주의와 군부 파시즘의 논리를 동시에 비판했다. 이러한 논설은 정치적 글쓰기의 일종이라 할 수 있다. 그는 이 논설로 인한 필화사건으로 10년 형을 선고받고 2년 7개월 만에 풀려났다. 정치권력은 '가치중립적 이데올로기 비판'으로서의 이병주의 현실 논리를 용납하지 않았다.

옥중기 형식으로 구성된 〈소설·알렉산드리아〉는 소설의 논리를 통해 현실 정치의 압력에 응전한 시도의 일환이었다. 그는 자신을 감옥에 가둔 부정한 정치 현실에 맞설 이데올로기가 필요했던 것이며, '소설'은 정치권력의 폭력과 일정한 거리를 유지하며 스스로의 처지를 변호할 적당한 글쓰기 양식이었던 셈이다.

그렇다면 〈칸나·X·타나토스〉에서는 어떠한가? 이 작품은 1959년의 부산 시절을 응시하고 있는 소설이다. 이 시기는 그에게 '꼭 기록해둬야 할 날'들로 다가온다.

> 어떤 날 또는 어떤 일을 기록하기 위해선 얼음장처럼 차가운 말을 찾아야만 하는 경우가 있다. 그것도 냉장고에서 언 그런 얼음이 아니라 북빙양北氷洋 깊숙이 천만년 침묵과 한기로써 동결된 얼음처럼 차가운 말이라야 한다. 기억의 부패를 막기 위해선 그밖에 달리 방법이 없는 것이다.
>   그러나 나는 끝내 그러한 말을 찾아낼 수가 없었다. 내 인생인들 꼭 기록해둬야 할 날이 몇 날쯤은 있는데, 이런 사정으로 해서 그 기록을 미루고만 있었다. 그런데 미루고만 있을 수 없는 사정이 되었다. 체온이 묻어 있는 미지근한 말에 싸여 나의 기억이 이미 부식 과정을 밟고 있다는 사실을 깨닫게 된 것이다.

이병주, 〈칸나·X·타나토스〉, 《여사록》, 바이북스, 2014, 64쪽

이 작품에서 이병주가 추구하는 언어는 '북빙양北氷洋 깊숙이 천만년 침묵과 한기로써 동결된 얼음처럼 차가운 말'이다. 이는 '소설'의 언어라기보다는 '기자'의 언어에 가깝다. 인생의 절정기에 해당하는 부산 시절을 생생하게 되살리려는 의도를 함축하고 있기 때문이다. 작가는 이 시절을 '체온이 묻어 있는 미지근한 말'이 아니라 '얼음장처럼 차가운 말'로 '기록'하고자 한다.

다음은 그 언어의 '속살'을 엿볼 수 있는 대목이다.

"조봉암 씨의 사형 집행을 했답니다." (중략)

편집국 내는 아연 활기를 띠기 시작했다. 뉴스다운 대사건이 일어날 때마다 보이는 광경이다.

사람을 사형 집행했다는 슬픈 사건도 신문사에 들어오면 이런 꼴이 된다. 무슨 면에 몇 단으로, 제목은 어떻게 뽑고, 사진은? 최근 사진이라야 해, 하는 식으로 어떤 사건이건 신문 기자의 손에 걸리기만 하면 생선이 요리사의 손에 걸린 거나 마찬가지로 된다. 요리사에겐 생명에의 동정 따위는 없다. 그 생선이나 생물을 가지고 한 접시의 요리를 장만해야 한다. 신문기자도 마찬가지다. 어떠한 비극도 그것이 뉴스감이면 한 방울의 감상을 섞을 여유도 없이 주어진 스페이스에 꽉 차도록 상품으로서의 뉴스를 장만해야 한다. 독자의 눈시울을 뜨겁게 하는 기사를 울면서 쓰는 기자란 거의 없다. 사형 집행을 지휘하고 지켜보는 검사의 눈도 기사를 쓰는 기자들처럼 차가웁진 않을 것이다.

기자들은 기사를 쓴 연후에야 희극엔 웃고 비극엔 슬퍼한다. 하루의 일이 끝나고 통술집에 앉아 한 잔의 술잔으로 마음과 몸의 갈증을 풀고서야 겨우 인간을 회복한다.

이병주, 〈칸나·X·타나토스〉, 《여사록》, 바이북스, 2014, 74~75쪽

인생의 '비극'을 '한 방울의 감상'도 섞이지 않은 '상품(뉴스감)'으로 만드는 글쓰기. 인간으로서의 감정을 회복하기 이전의 글쓰기. 이병주로선 이 시기를 이러한 방식으로 되살릴 필

요가 있었다. 조봉암과 얽힌 '묘한 인연'이 그에게 상상하지도 못할 이념의 화살이 되어 돌아왔기 때문이다. 하여 '기억'이 '부식'되기 전 꼭 기록해둘 필요가 있었던 것이다.

〈소설 · 알렉산드리아〉가 부산 시절을 소설의 양식으로 음미하고 있다면, 〈칸나·X·타나토스〉는 '소설 이전' 혹은 '소설 이후'의 방식으로 그 시절을 기록하고 있는 셈이다.


4.


지금까지 일별한 두 작품에서 작가의 무의식적 관심이 투영된 인물들이 있다. 〈여사록〉의 마지막에 등장하는 이재호, 〈칸나·X·타나토스〉에 드러나는 창녀 혹은 X 등이 그들이다. 이재호는 30년 만에 만난 옛 동료들의 회고담에 끝내 등장하지 못했다. 하여 작가의 꿈에 찾아온다. 일제 때 작곡가로 이름을 날린 그는 해방 직후 뜻한 바가 있어 고향인 진주농고에서 교사 생활을 했다. 그러던 중 폐를 앓다가 요절한 인물이다. 이념의 경계를 가로지른 소설적 인물이라 할 수 있다. 〈칸나·X·타나토스〉에서는 이름 모를 여인이 화자의 기사에 감동해 칸나 꽃을 보내온다. '글로리아란 이름의 양공주가 웃음과 육肉을 팔아 모든 돈을 고아원에 기부하고 죽었다는 기사'이다. 소설 제목이 〈칸나·X·타나토스〉라는 점을 염두에 둔다면 작가는 기사의 이면에 흐르는 이 창녀의 삶에 마음이 끌렸을 것이다. 이는 기사에 담긴 내용 이면에 흐르는 소설적 삶에 대한 관심이라 할 수 있다.

　그렇다면 〈여사록〉과 〈칸나·X·타나토스〉는 소설적 글쓰기로 나아가기 직진에 멈춘 작품이라 할 수 있다. 박희영을 추억하고 있는 〈중랑교〉는 바로 이 지점에서 시작된다. 이병주는 〈겨울밤-어느 황제의 회상〉에서 이와 유사한 인물을 이념적 인간형에 맞세운 바 있다. 이 작품에서 화자와 대화를 나누는 '노정필'은 '우리 민족의 수난이 만들어낸 수난의 상징'이다. 노정필은 화자의 〈알렉산드리아〉를 기록자가 쓴 기록이 아니고 시인이 쓴 시라고 본다. 그는 철저한 기록자는 자기 속의 시인을 추방해야 한다고 주장한다. 이러한 주장에 화자는 '기록이 문학으로 가능하자면 시심 또는 시정이 기록의 밑바닥에 지하수처럼 스며 있어야 한다'고 맞선다. 화자는 '기록이자 문학' 혹은 '문학이자 기록'인 것을 지향하고 있는 것이다.

　이러한 화자와 노정필의 대립은, 인간 그대로의 천진한 모습을 간직한 친구의 삶을 통해 해소된다. '어느 황제의 회상'을 끝낸 직후 '안양의 뒷골목'에서 만난 친구의 모습은 화자에게 깊은 인상을 남긴다. 경건한 가톨릭 신자인 친구는 자신의 잘못을 고해할 신부를 찾아 안양까지 온 것이었다. 그는 '사랑을 하고 죄를 느끼고 그러고는 고해를 하고, 고해를 하고도 사랑을 하고 또 죄를 느끼고 고해'하는 식이다. 화자는 '돌이 되어버린 무신론자 노정필과 인간의 천진성을 그대로 지닌 그 친구의 얼굴을 비교'해본다.

그 친구의 역정이 결코 노정필의 역정에 비해 수월했다고는 말할 수가 없다. 일제 때는 병정에 끌려나가 생사의 고비를 헤맸다. 전범 재판에서 하마터면 전범의 누명을 쓰고 처형될 뻔한 아슬아슬한 고비도 있었다. 6·25동란 때는 친형을 잃었다. 그리고 2년 전엔 이십 수년을 애지중지해온 부인을 잃었다. 게다가 사형 선고나 마찬가지인 병의 선고를 받고 한동안 사경을 방황하던 때도 있었다. 그러나 그는 언제나 활달하려고 애썼고 스스로의 고통 때문에 주위의 사람을 우울하게 하지 않으려고 신경을 썼다. 어떤 중대한 일도 유머러스하게가 아니면 표현을 못 하는 수줍은 성격이기도 했다.

이병주, 〈겨울밤-어느 황제의 회상〉,
《마술사|겨울밤》, 바이북스, 2011, 151~152쪽

중요한 점은 그가 철저한 천주교 신도이면서도 주변 사람들에게 자신의 천주를 강요하지 않는다는 사실이다. 노정필과 이 친구를 비교해서 우열을 말할 수는 없다. 그러나 화자는 인간적인 사람을 좋아하는 것은 인지상정이라고 생각한다. 하여 그는 천주교를 믿을 마음은 없지만 그 친구의 천주만은 믿고 싶은 생각이 든다. 인간이 보다 인간적일 수 있도록 하는 계기

가 되는 천주이기 때문이다.

이러한 친구의 모습은 '시심市心의 다리', '중랑교'를 추억하는 〈중랑교〉에서도 거의 비슷한 모습으로 등장한다.

> 팽창하는 도시가 번지라고 하는 정연한 구획을 넘쳐 무번지의 시가를 형성해나가는 과정에 생명이란 것이 스스로를 영위하기 위해서 미美와 추醜, 형식과 반형식은 아랑곳없이 몸부림치는 샘터를 역력하게 볼 수가 있다. 이런 감상을 바탕으로 나와 박 군은 그 목로주점에서 주에 한 번꼴로 황탁한 술을 마시게 되었던 것이다.
>
> 이병주, 〈중랑교〉, 《여사록》, 바이북스, 2014, 90쪽

'무번지의 시가', '생활하는 사람들의 활기와 생활하는 사람들의 권태로써 가득 차' 있는 '중랑교'의 풍경은, '슬픈 얘기로서 듣기엔 너무도 유머러스하고 유머러스한 얘기로서 듣기엔 지나치게 슬픈' 박희영의 이야기처럼 아련한 여운을 남긴다.

이병주는 이러한 여운을 풍기는 소설, 즉 '기록이자 문학' 혹은 '문학이자 기록'인 작품을 지향하지 않았을까? 이는 경직된 이념을 타자화하는 것이며, 신념을 인간화하는 방법이기도 하다. 이병주의 문학을 관통하는 지배적인 정서이자 정치적 무의식은 바로 이것이 아닐까 싶다.

〈여사록〉, 〈칸나·X·타나토스〉, 〈중랑교〉, 〈지리산학〉 등은

'진주', '부산', '중랑교(서울)', '지리산'을 가로지르며 여기에
이르는 길 하나를 제시해주고 있다. 이병주가 지리산이 낳은
인물인 매천의 '절명시' 중 유독 인간적인 향취가 묻어나는 대
목인 '難作人間識字人(인간으로서 글을 안다는 것이 얼마나 어려
운 일인지/새삼스러운 느낌이다.)(177~178쪽)에 공감한 이유도
여기에 있을 것이다. 매천의 절개(신념)에 비긴 시심詩心, 인간
화된 신념에 마음을 빼앗긴 탓이리라. 이병주는 매천의 경우
처럼 '스스로의 역량과 한계'를 정확하게 인식한 작가였다.

| | |
|---|---|
| 1921 | 3월 16일 경남 하동군 북천면에서 아버지 이세식과 어머니 김수조 사이에서 태어남. |
| 1933 | 양보공립보통학교 13회 졸업. |
| 1940 | 진주공립농업학교 27회 졸업. |
| 1943 | 일본 메이지 대학 전문부 문예과 졸업. |
| 1944 | 와세다 대학 불문과에 재학 중 학병으로 동원되어 중국 쑤저우蘇州에서 지냄. |
| 1948 | 진주농과대학과 해인대학(현 경남대학)에서 영어, 불어, 철학을 강의. |
| 1954 | 문단에 등단하기 전 《부산일보》에 소설 《내일 없는 그날》 연재. |
| 1955 | 《국제신보》에 입사, 편집국장 및 주필로 언론계에서 활동. |
| 1961 | 5·16 때 필화사건으로 혁명재판소에서 10년 선고를 받고 복역 중 2년 7개월 후에 출감. 한국외국어대학, 이화여자대학 강사를 역임. |
| 1965 | 중편 〈소설·알렉산드리아〉를 《세대》에 발표함으로써 문단에 등단. |

| 1966 | 〈매화나무의 인과〉를 《신동아》에 발표. |
|---|---|
| 1968 | 〈마술사〉를 《현대문학》에 발표. 《관부연락선》을 《월간중앙》에 연재(1968. 4.~1970. 3.), 작품집 《마술사》(아폴로사) 간행. |
| 1969 | 〈쥘부채〉를 《세대》에, 〈배신의 강〉을 《부산일보》에 발표. |
| 1970 | 《망향》을 《새농민》에 연재, 장편 《여인의 백야》(문음사) 간행. |
| 1971 | 〈패자의 관〉(《정경연구》) 등 중단편을 발표하는 한편, 《화원의 사상》을 《국제신보》, 《언제나 은하를》을 《주간여성》에 연재. |
| 1972 | 단편 〈변명〉을 《문학사상》에, 중편 〈예낭 풍물지〉를 《세대》에, 〈목격자〉를 《신동아》에 발표. 장편 《지리산》을 《세대》에 연재. 장편 《관부연락선》(신구문화사) 간행. 영문판 〈예낭 풍물지〉, 장편 《망각의 화원》 간행. |
| 1973 | 수필집 《백지의 유혹》(강남출판사) 간행. |
| 1974 | 중편 〈겨울밤〉을 《문학사상》에, 〈낙엽〉을 《한국문학》에 발표. 작품집 《예낭 풍물지》 영문판 (세대사) 간행. |
| 1976 | 중편 〈여사록〉을 《현대문학》에, 단편 〈철학적 살인〉과 중편 〈망명의 늪〉을 《한국문학》에 발표, 창작집 《철학적 살인》(한국문학), 《망명의 늪》(서음출판사) 간행. |
| 1977 | 중편 〈낙엽〉과 〈망명의 늪〉으로 한국문학작가상과 한국창 |

작문학상 수상, 창작집 《삐에로와 국화》(일신서적공사), 수필집 《성-그 빛과 그늘》(서울물결사), 《바람과 구름과 비》(동아일보사) 간행.

1978 　중편 〈계절은 그때 끝났다〉, 단편 〈추풍사〉를 《한국문학》에 발표. 《바람과 구름과 비》를 《조선일보》에 연재, 창작집 《낙엽》(태창문화사) 간행, 장편 《망향》(경미문화사), 《허상과 장미》(범우사), 《조선일보》에 연재되었던 《미와 진실의 그림자》(대광출판사), 《바람과 구름과 비》(물결출판사) 간행. 수필집 《사랑받는 이브의 초상》(문학예술사), 《허상과 장미》(범우사), 칼럼 《1979년》(세운문화사) 간행.

1979 　장편 《황백의 문》을 《신동아》에 연재, 장편 《여인의 백야》(문음사), 《배신의 강》(범우사), 《허망과 진실》(기린원) 간행, 수필집 《사랑을 위한 독백》(회현사), 《바람소리, 발소리, 목소리》(한진출판사) 간행.

1980 　중편 〈세우지 않은 비명〉, 단편 〈8월의 사상〉을 《한국문학》에 발표. 작품집 《서울의 천국》(태창문화사), 소설 《코스모스 시첩》(어문각), 《행복어사전》(문학사상사) 간행.

1981 　단편 〈피려다 만 꽃〉을 《소설문학》에, 중편 〈거년의 곡〉을 《월간조선》에, 중편 〈허망의 정열〉을 《한국문학》에 발표. 장편 《풍설》(문음사), 《서울 버마재비》(집현전), 《당신의 성좌》(주우) 간행.

1982     단편 〈빈영출〉을 《현대문학》에 발표. 《그해 5월》을 《신동아》에 연재. 작품집 《허망의 정열》(문예출판사), 장편 《무지개 연구》(두레출판사), 《미완의 극》(소설문학사), 《공산주의의 허상과 실상》(신기원사), 수필집 《나 모두 용서하리라》(대덕인쇄사), 《용서합시다》(집현전), 소설 《역성의 풍·화산의 월》(신기원사), 《행복어사전》(문학사상사), 《현대를 살기 위한 사색》(정음사), 《강변 이야기》(국문) 간행.

1983     중편 〈그 테러리스트를 위한 만사〉를 《한국문학》에, 〈소설 이용구〉와 〈우아한 집념〉을 《문학사상》에, 〈박사상회〉를 《현대문학》에 발표. 작품집 《그 테러리스트를 위한 만사》(홍성사), 고백록 《자아와 세계의 만남》(기린원), 《황백의 문》(동아일보사) 간행.

1984     장편 《비창》을 문예출판사에서 간행. 한국펜문학상 수상. 장편 《그해 5월》(기린원), 《황혼》(기린원), 《여로의 끝》(창작문예사) 간행. 《주간조선》에 연재되었던 역사 기행 《길 따라 발 따라》(행림출판사), 번역집 《불모지대》(신원문화사) 간행.

1985     장편 《니르바나의 꽃》을 《문학사상》에 연재. 장편 《강물이 내 가슴을 쳐도》와 《꽃의 이름을 물었더니》, 《무지개 사냥》(심지출판사), 《샘》(청한), 수필집 《생각을 가다듬고》(정암), 《지리산》(기린원), 《지오콘다의 미소》(신기원사), 《청사에 얽힌 홍사》(원음사), 《악녀를 위하여》(창작예술사), 《산하》

(동아일보사), 《무지개 사냥》(문지사) 간행.

1986    〈그들의 향연〉과 〈산무덤〉을 《한국문학》에, 〈어느 익일〉을
        《동서문학》에 발표, 《사상의 빛과 그늘》(신기원사) 간행.

1987    장편 《소설 일본제국》(문학생활사), 《운명의 덫》(문예출판
        사), 《니르바나의 꽃》(행림출판사), 《남과 여-에로스 문화사》
        (원음사), 《남로당》(청계), 《소설 장자》(문학사상사), 《박사상
        회》(이조출판사), 《허와 실의 인간학》(중앙문화사) 간행.

1988    《유성의 부》(서당) 간행, 대하소설 《그해 5월》을 《신동아》
        에, 역사소설 《허균》을 《사담》에, 《그를 버린 여인》을 《매
        일경제신문》에, 문화적 자서전 《잃어버린 시간을 위한 메
        모》를 《문학정신》에 연재, 《행복한 이브의 초상》(원음사),
        《산을 생각한다》(서당), 《황금의 탑》(기린원) 간행.

1989    《민족과 문학》에 《별이 차가운 밤이면》 연재. 장편 《허균》,
        《포은 정몽주》, 《유성의 부》(서당), 장편 《내일 없는 그날》
        (문이당) 간행.

1990    장편 《그를 버린 여인》(서당) 간행. 《꽃이 된 여인의 그늘에
        서》(서당), 《그대를 위한 종소리》(서당) 간행.

1991    인물 평전 《대통령들의 초상》(서당), 《달빛 서울》(민족과문
        학사) 간행, 《삼국지》(금호서관) 간행.

1992    《세우지 않은 비명》(서당) 간행. 4월 3일 오후 4시 지병으
        로 타계. 향년 72세.

| 1993 | 《소설 정도전》(큰산), 《타인의 숲》(지성과사상) 간행. |
|---|---|
| 2009 | 《소설·알렉산드리아》(바이북스) 간행. |
| 2009 | 중편 《쥘부채》(바이북스) 간행. |
| 2009 | 단편집 《박사상회ㅣ빈영출》(바이북스) 간행. |
| 2010 | 단편집 《변명》(바이북스) 간행. |
| 2010 | 수필 《문학을 위한 변명》(바이북스) 간행. |
| 2011 | 중편 《그 테러리스트를 위한 만사》(바이북스) 간행. |
| 2011 | 단편집 《마술사ㅣ겨울밤》(바이북스) 간행. |
| 2011 | 《소설·알렉산드리아》 중국어 번역본 《小说 · 亚历山大》(바이북스) 간행. |
| 2012 | 수필 《잃어버린 시간을 위한 문학 기행》(바이북스) 간행. |
| 2012 | 단편집 《패자의 관》(바이북스) 간행. |
| 2012 | 《소설·알렉산드리아》 영어 번역본 《Alexandria》 간행. |
| 2013 | 단편집 《예낭 풍물지》(바이북스) 간행. |
| 2013 | 수필 《스페인 내전의 비극》(바이북스) 간행. |

## 김윤식

서울대학교 국어국문학과와 동 대학원을 졸업했고 1962년 《현대문학》에 〈문학사방법론 서설〉이 추천되어 문단에 발을 들여놓았다. 한국 근대문학에서 근대성의 의미를 실증주의 연구 방법으로 밝히는 데 주력했으며 1920~1930년대의 근대문학과 프롤레타리아문학이 가지는 근대성의 의미를 밝히고자 했다. 1973년 김현과 함께 펴낸 《한국문학사》에서는 기존의 문학사와는 달리 근대문학의 기점을 영·정조 시대까지 소급해 상정함으로써 뜨거운 논쟁을 불러일으키기도 했다. 현대문학신인상, 한국문학작가상, 대한민국문학상, 김환태평론문학상, 팔봉비평문학상, 요산문학상 등을 수상했으며 저서로 《문학사방법론 서설》, 《한국문학사 논고》, 《한국 근대문예비평사 연구》, 《황홀경의 사상》, 《우리 소설을 위한 변명》, 《한국 현대문학비평사론》 등이 있다.


## 김종회

경희대학교 국어국문학과와 동 대학원을 졸업했고 1988년 《문학사상》을 통해 평단에 나왔다. 김환태평론문학상, 한국문학평론가협회상, 시와시학상, 경희문학상을 수상했으며 2008년에는 평론집 《문학과 예술혼》, 《디아스포라를 넘어서》로 유심작품상, 편운문학상, 김달진문학상을 수상했다. 특히 《디아스포라를 넘어서》는 남북한 문학 및 해외 동포 문학의 의미와 범주, 종교와 문학의 경계, 한국 근대문학의 경계 개념을 함께 분석한 평론집으로 평가받고 있다. 저서로 《한국소설의 낙원의식 연구》, 《위기의 시대와 문학》, 《문학과 전환기의 시대정신》, 《문학의 숲과 나무》, 《문화 통합의 시대와 문학》 등이 있으며 엮은 책으로 《북한 문학의 이해》, 《한민족 문화권의 문학》, 《한국 현대문학 100년 대표 소설 100선 연구》, 《문학과 사회》 등이 있다.